LE COQUINOVIRUS

Fable politico-satirique

Philippe Henry

Du même auteur, également publié chez BoD,

- LE LEGS (ISBN 9782322242566)
- LA MONTRE À COMPLICATIONS (ISBN 978232235278)
- CE N'ETAIT QUAND MÊME PAS LA FAUTE DES POISSONS   ROUGES (ISBN 9782322216895)
- LA THEORIE DES FLAQUES (ISBN 9782322395644)

© 2021 Philippe Henry
Édition : BoD · Books on Demand,
31 avenue Saint-Rémy, 57600 Forbach, bod@bod.fr
Impression : Libri Plureos GmbH,
Friedensallee 273, 22763 Hamburg (Allemagne)

ISBN : 978-2-3222-6100-0
Dépôt légal : Avril 2021

Prologue 7

Chapitre 1 : La conquête du pouvoir. 9

Chapitre 2 : La montée des marches 23

Chapitre 3 : Les premiers pas du président 31

Chapitre 4 : Quelques mois après l'investiture, dans un lointain pays d'Asie… 37

Chapitre 5 : À la Direction du renseignement Extérieur : 43

Chapitre 6 : Les premiers assauts de la maladie 49

Chapitre 7 : Le péril aux frontières 59

Chapitre 8 : L'aggravation du mal et la contagion générale 67

Chapitre 9 : Le problème des femmes 81

Chapitre 10 : Les expéditions présidentielles 87

Chapitre 11 : le conciliabule ministériel 93

Chapitre 12 : Les derniers préparatifs 97

Chapitre 13 : la phase finale. 109

Perspectives : 121

Prologue

Communiqué des services du Premier ministre.

« Ce matin, 22 novembre, à 10h12 précises, un groupe de militaires a été amené à abattre le président de la République sur ordre du premier ministre et du ministre des armées. Le président s'était réfugié dans le bunker construit sous le palais de l'Elysée et normalement destiné à abriter le pouvoir et les organes de commandement en cas d'attaque étrangère. »

C'est sans vraiment aucune pudeur que le service de presse du premier ministre a fourni aux media les photos de l'assaut et celle, ultime, du corps du président baignant dans son sang, face en l'air. La plupart des organes de presse ont souligné combien le président semblait surpris. Stupéfait, positivement stupéfait.

Comment en était-on arrivé à cette douloureuse extrémité de devoir abattre le président de la République française ? Pourquoi finalement toute cette invraisemblable histoire ?

C'est ce dont je vais m'attacher à vous faire la chronique. Laissez-moi vous emmener dans le saint des saints, la haute administration française et le monde mystérieux du pouvoir…

Chapitre 1 : La conquête du pouvoir.

Pour parfaitement comprendre cette affligeante histoire, il nous faut remonter quelques années en arrière….

À cette époque, le président n'était que le secrétaire général d'un important parti. Un vieux parti un peu en perte de vitesse mais qui gardait pourtant quelques adeptes. On y idolâtrait les anciennes gloires, dont les portraits figuraient en bonne place dans la plupart des salles de réunion. Entre nous d'ailleurs, ce n'était pas la meilleure idée. Comment voulez-vous qu'un parti ait de l'avenir en regardant en permanence son passé. Peut-on vraiment rester dynamique sous le regard de Léon Blum ? Moi, je ne le pense pas. Heureusement, depuis 1981, on avait pu compléter la galerie de portraits par celui de François Mitterrand, la photo officielle, celle où il portait le collier de grand commandeur de la légion d'honneur. C'était un peu hiératique, beaucoup plus pompeux que les portraits des autres, mais ça en jetait pas mal. Et puis cela flattait l'ego. Depuis 36 qu'on faisait ceinture au parti, cela mettait du baume au cœur.

Pour contenir les ambitions personnelles des uns et des autres, il avait fallu que le parti accepte malgré tout quelques entorses à sa tradition. Ainsi s'étaient multipliés toutes sortes de mouvements secondaires qui, tout en restant dans le parti, avaient vocation à promouvoir tel ou tel dirigeant dans la perspective d'une prochaine élection. On appelait cela des micros partis. Tout petits donc. On disait aussi des mouvements. Les journalistes, toujours taquins, disaient des chapelles. Pour un parti qui avait quasiment inventé la laïcité, cela dénotait de leur part un mauvais esprit qui n'étonnera personne.

Cette semi-liberté était à la fois le gage de leur indépendance et celui de l'unité du parti. Pour en revenir au secrétaire général, lui-même n'était à la tête d'aucun mouvement secondaire. D'ailleurs il n'était même pas candidat, n'ayant aucune chance de réunir un nombre significatif de partisans. Que voulez-vous, il était falot. Enfin falot… quand même, tout au fond de lui, une petite musique commençait de jouer sa ritournelle. Et puis flattée par quelques amis proches, la musique avait pris de l'ampleur pour finalement devenir une symphonie tonitruante à l'envahissement de laquelle le secrétaire général avait eu de plus en plus de mal à résister. Toutefois, il avait conscience que passer de secrétaire général consensuel du parti à candidat non contesté à la présidence de la République française constituait un bond en avant considérable et particulièrement inattendu. Ses pairs avaient élu un mouton et le voilà qui devait soudainement se comporter en loup pour dévorer la plupart de ses anciens amis. Oh, ce n'étaient pas les questions morales qui le faisaient hésiter. Cela faisait bien longtemps qu'il avait fait son deuil de ce genre de considérations. Non, c'était simplement qu'il restait malgré tout attaché à sa tranquillité, aux bonnes soirées entre amis et à tout ce qui aux yeux de cet homme paisible faisait le charme de la vie. Mais voilà, il voyait bien en même temps que si ce n'était pas lui qui passait à l'offensive, ce serait à la fin ses amis qui lui marcheraient dessus. On peut comprendre que cette perspective lui ait semblé désagréable. Alors, il avait manœuvré de main de maître. Il était excellent dans le maniement des egos et la mise au point de chausse-trappes, au fond les outils les plus à même d'assurer une conduite efficace du parti. Il se jouait de ses adversaires sans que ceux-ci s'en rendent compte. Il faut dire qu'on le craignait peu. Sans doute était-ce là pour partie la clé de sa réussite. On le croyait inoffensif. On pensait pouvoir le manipuler. Le fait est qu'il semblait toujours favorable à ce qu'on lui disait. La plupart de ses visiteurs ressortaient de son bureau le sourire aux lèvres. En confiance, ils se livraient aux intervieweurs. Se gardant bien sûr de tout triomphalisme, ils insinuaient volontiers avoir reçu sur tel ou tel point le plein assentiment de leur interlocuteur. Et puis finalement non. Le secrétaire général n'en faisait strictement qu'à sa tête.

Il avait un art consommé de la machination politique. Il convoquait constamment des réunions auxquelles étaient conviés ses conseillers les plus proches. Enfin, quand on dit les plus proches, on se trompe un peu. En effet, le candidat qu'il était sur le point de devenir craignait par-dessus tout ce qu'il appelait « le coup de Jarnac ». Un coup de Jarnac, c'est une trahison provenant de son entourage le plus proche. Historiquement, c'est complètement faux puis c'était à l'origine un coup porté par un certain Monsieur de Jarnac à son adversaire lors d'un duel à la régulière, mais bon, que voulez-vous, tout se déforme. Pour en revenir à notre parti et à son secrétaire général, les réunions qu'il organisait pour tenter d'orchestrer sa montée vers le pouvoir n'incluaient jamais vraiment les conseillers les plus intimes. Ses « vrais amis », il préférait les garder un peu « en dehors du coup ». Il faut dire que ces réunions étaient en fait organisées pour convenir de la manière dont on allait pouvoir détruire tel ou tel des concurrents potentiels. De ce fait elles regroupaient plutôt les conseillers de second rang, en attendant qu'eux-mêmes ne passent un jour au premier rang. Alors, ils se transformeraient en cible pour les futures manœuvres du secrétaire général et les futures réunions. Cela donnait du coup une géographie assez mouvante à la garde rapprochée du futur président. « Et encore une fournée ! » disaient les observateurs extérieurs.

Et puis il y avait les réunions du bureau politique. Elles ne servaient strictement à rien puisque chaque membre influent gardait pour lui les informations importantes qu'il avait pu collecter. Chacun se gardait bien d'apporter à ces réunions la moindre contribution qui aurait pu être utile à ses camarades. En réalité, les décisions importantes se prenaient en aparté, au cours de multiples conciliabules de couloirs. On tenait ces réunions du bureau parce qu'elles étaient statutaires et que personne ne voulait avoir l'air de remettre en cause un fonctionnement ancestral qui avait, depuis très longtemps, parfaitement fait ses preuves. Leur seule utilité résidait dans les minutes qui suivaient leur clôture. En effet, c'est alors que les participants se répartissaient en différents petits groupes aux angles opposés de la salle. On convenait avec son chef de file de rencontres plus restreintes où serait discutée la vraie stratégie que le micromouvement allait mettre en œuvre pour faire obstacle aux velléités conquérantes de tel autre micro mouvement. Ceux qui n'étaient pas concernés par ces apartés s'attardaient un peu autour de la table afin d'attirer l'attention du secrétaire général sur leur disponibilité. Et généralement, cela ne manquait pas : le patron se rasseyait et c'était parti pour un brin de causette dès que le dernier chef de file des autres mouvements avait quitté la salle. Parfois, on faisait venir le whisky. Ce n'était pas bien méchant. Et puis ils papotaient tous pendant des heures. Le secrétaire général était abreuvé de conseils par chacun, au point de s'y perdre un peu. Souvent, pour ne pas faire de peine, il faisait semblant de trouver l'idée intéressante. « Il faudrait approfondir » disait-il. Parfois, il contestait la proposition qu'on lui faisait. Surtout pour s'amuser, parce que de toutes manières il savait qu'il n'en ferait qu'à sa tête. Cela pouvait donner dans sa bouche :

— Tu comprends, on nous rebat les oreilles avec cette histoire. Notre personnalité. Ne pas la laisser se diluer dans celle des autres parait-il. La vraie victoire, ce serait de rester soi-même. D'avoir le caractère suffisamment trempé pour laisser toute prééminence à notre « Je ». Mais d'où cela sort-il ? Pourquoi est-ce que ce serait mieux que ma personnalité prévale sur celle de ma mère, de ma copine ou de mon voisin ? Qui dit qu'elle vaut mieux que les autres, ma personnalité ? Non mais t'imagines, tu es en Bavière, à Munich, en 1933. Tu parles à Hitler. C'est ton voisin de palier. Après tout, pourquoi pas. Il devait bien en avoir des voisins de palier, Hitler. Et tu lui dis : Non mais Adolphe, je vous assure. Ce qui est important, c'est ce

que vous avez au fond de vous. Ce que vous ressentez vraiment. Ne vous occupez pas de ce que vous disent les grands poètes allemands. Goethe, Schiller, tous ces farfelus rêveurs, qu'est-ce que vous en avez à faire ! Et les philosophes, laissez-les où ils sont. Ils ont leurs problèmes, leur personnalité. Untel a besoin de ci, de ça. Mais vous Adolphe, que voulez-vous réellement ? Quelle est votre quête profonde. Laissez-la s'exprimer. Ce sera votre première victoire !
-Tu prends un cas extrême. Evidemment, si ta personnalité profonde c'est de déchaîner des horreurs, cela ne peut pas marcher. Mais reste dans la moyenne statistique. La plupart des gens sont normaux. Ils aspirent à des choses normales. Et alors oui, dans ce cas-là, qui est le plus probable, il faut que tu restes toi. Que tu te réalises.
— Mais pourquoi ? Même dans ce cas « normal » comme tu dis, pourquoi l'important serait-il d'être moi ? Regarde, j'aspire à devenir président de la république. J'y parviendrai ou pas, peu importe. Disons que ce soit cela ma vraie nature. Est-ce si grave si je deviens…pharmacien, ou n'importe quoi ? Tu ne penses pas qu'il y a une foule d'autres personnes qui feraient tout aussi bien que moi comme président. Peut-être mieux, j'en suis sûr. J'aurais fait mieux que De Gaulle avec l'Algérie ? J'aurais eu le toupet de leur dire « Je vous ai compris » et de faire le contraire de ce qu'ils demandaient ?
— Remarque lui, il a dit « je vous ai compris ». Il n'a jamais dit qu'il le ferait !
— Je ne rigole pas. Il y a dans cette immixtion des nouveaux principes de la psychologie dans notre vie un risque non négligeable. Il y a le risque de ne plus

prendre avis. De ne jamais écouter l'autre à raison de sa propre conviction intérieure. Il y a l'avènement d'un égoïsme forcené qui place sa personne au-dessus de tout. Il y a la mort de l'altruisme. Presque la fin de nos valeurs chrétiennes.

Le secrétaire général avait l'art, avant même d'avoir atteint le sommet du pouvoir, de prendre sur les choses une hauteur exceptionnelle. Il pouvait porter sur tout un regard aiguisé, faire preuve d'une capacité d'analyse hors du commun. Partir d'une considération sur la bonne réalisation de son destin pour finalement en arriver à la remise en cause des valeurs chrétiennes, ça avait quand même de la tenue !

— Peut-être que tu t'emballes un peu, non ?
— Oui, je m'emballe. Et en fait, je m'amuse surtout. Je te fais marcher imbécile. Je ne crois pas un traître mot de tout ce que je viens de te raconter. Tu me connais quand même, depuis le temps ! Et je puis te dire qu'il n'est pas né celui qui me convaincra, ou m'empêchera d'une manière ou d'une autre d'accéder à la présidence.
— Oh là là, tu m'as fait peur. Je ne te reconnaissais pas.

Mises à part quelques blagues de potaches et quelques digressions de philosophie de comptoir, l'essentiel des conversations tournait autour de la manière de se débarrasser d'un concurrent. Comment faire en sorte que le passé de celui-là ressorte brutalement dans l'actualité ? C'est dans ces moment-là qu'une parfaite maîtrise des outils mis au point dans le parti au fil des années pouvait se révéler utile.

— Bon, il y a un truc. Est-ce qu'on ne pourrait pas appeler le Blaireau, tu sais celui de la « lettre confidentielle » pour qu'il regarde un peu ce qu'il peut trouver du côté de la Grosse ?

Le Blaireau, par convention désignait un journaliste célèbre pour sa moustache et ses investigations à grand spectacle. Mélange de gouaille, de ruse et de populisme de gauche, on le craignait autant qu'on le respectait. En fait il était selon les cas un allié utile ou un adversaire malfaisant. On était sa victime ou son utilisateur. Souvent le parti avait eu recours à ses services pour anéantir tel ou tel personnage qui se serait bien vu pointer son nez dans une compétition déjà surchargée de prétendants. Il faisait alors des miracles, lançant ses limiers sur les pistes que l'on avait pris soin de lui susurrer. On hésitait malgré tout à faire appel à lui car il n'était jamais très recommandé d'être en compte avec ce genre de personnage. Quant à la Grosse, c'était le surnom dont on avait affublé une candidate virtuelle un moment jugée dangereuse, avant qu'elle s'aperçoive que s'occuper de sa ville présentait au moins l'avantage de la sérénité tout en ne ramenant pas à rien les prébendes nécessaires au bon fonctionnement de son ego.

Dans le parti on avait toujours donné des surnoms imagés à ceux dont on craignait qu'ils ne soient pas pleinement en phase avec les arrangements internes dans lesquels on se démenait en permanence. Cela dit, il faut bien admettre que, pour les surnoms, tout le monde faisait pareil. Membre du parti ou membre d'un autre mouvement. Cela donnait d'ailleurs parfois des situations ou des dialogues assez confus. En effet, le surnom donné par l'un des groupes à tel ou tel patron d'un autre n'était pas nécessairement le même que celui donné par une autre obédience au même intéressé. Bon, le plus souvent, le surnom trouvait sa source dans les caractéristiques physiques non contestables de la personne, caractéristiques le plus souvent accentuées pour obtenir un meilleur effet. Ainsi, pour celle que l'on nommait « La grosse », se trouvait-on presque en situation d'unanimité. Un phénomène tout à fait remarquable dans le monde politique ! Mais enfin, il y avait quelques variantes. Parfois certains disaient « La grosse vache » ou même pour faire plus court « La vache ». Et puis il y avait des cas beaucoup plus ambigus. Ainsi certains donnaient à l'un des caciques, grand économiste par ailleurs, le nom de « Chaud lapin » tandis que d'autres désignaient un ancien ministre de la culture du nom grossier de « La pine chaude ». Alors évidemment quand, dans une conversation à la buvette de l'assemblée, des membres de différents partis se trouvaient réunis pour une conversation à bâtons rompus et trans-partisane, cela ne laissait pas de surprendre :

— L'autre jour, j'étais à Lille tu sais, et devine qui j'ai vu sortir d'un hôtel avec un bataillon de filles autour de lui ?
— Je ne sais pas moi… Georges Clooney ?
— Ben non, Chaud Lapin qu'est-ce que tu crois !
— Oh la vache !
— Non non, pas avec Elle. C'était plutôt du genre prostituées.
— Qui ça « pas avec Elle » ?

— Ben La Vache… Tu me parles de la Vache…
— Ah la Grosse tu veux dire ?
— Oui, la Vache quoi. Mais là, c'était pas elle.
— Pourtant tu me parles de Lille.
— Ben oui mais là, ce jour-là elle n'était pas avec Chaud lapin. Ou alors, je ne l'ai pas vue.
— En même temps, un chaud lapin avec une vache, ça n'aurait pas été clair.

Pour en revenir à la discussion qui se tenait ce jour-là au siège du parti entre le secrétaire général et l'un de ses proches, l'idée de faire appel au blaireau semblait assez porteuse.

— Au besoin, on pourrait lui fournir quelques éléments. Comme on avait fait pour les autres. Ça n'avait pas mal marché les fois précédentes.
— Oui. Bien sûr. Mais il faut quand même faire attention. Il ne faudrait pas que les gens puissent remonter la piste. Ce serait nettement contreproductif. Parce que tu dis que les fois précédentes cela avait bien fonctionné, mais tu oublies que justement la dernière fois des gens avaient un peu trop bavassé.
— Oui, exact. Mais avec le contrôle fiscal qu'on leur a balancé, ils ne sont pas près de recommencer. C'était pas mal joué hein ? C'est d'ailleurs extraordinaire. Je ne suis même pas président et j'arrive à faire intervenir l'administration comme si c'était moi le chef ! Qu'est-ce que ce sera si jamais je réussis mon coup et que je deviens effectivement président de la république !
— Bien sûr qu'on est efficace. Mais pas plus que les autres en face. Eux d'abord ils ont les rênes en main. En tous cas en ce moment. Et puis ensuite ils ont leurs

amis au sein de l'administration, comme nous-mêmes avons les nôtres. Ça s'équilibre. Même des fois, tu sais bien, ça se négocie. Genre : attention, vous sortez ça et nous on sort ça. Ce n'est pas toi qui t'en es chargé, mais le nombre de fois où on est allé voir un conseiller à l'Elysée pour trouver une solution raisonnable !

— Oh d'accord, je sais bien. Ce n'est plus moi qui me charge de ces … négociations, mais tu sais, avant, quand je n'étais pas secrétaire général, le Patron m'en a refilé pas mal des problèmes à régler. Je peux dire que je connais !

Eh oui ! On peut appeler cela des petits arrangements entre amis, mais c'est effectivement comme cela que fonctionnait le système. Ils se tenaient tous par la barbichette. Et on se rendait de menus services. Donnant donnant. Alors on pourrait se demander, mais à la fin, qui gagne si quand on sort un truc bien malodorant les autres en sortent un du même acabit ? C'est là pourtant que se faisait toute la différence. Les amis des uns n'étaient pas forcément les ennemis des autres. En tous cas pas en permanence. Si le vent soufflait plutôt dans un sens, on voyait des gens hésiter. Tout à coup, ils éprouvaient le besoin de vous passer un coup de fil. Oh ! Pas pour eux bien sûr. Mais c'était quand même l'occasion d'une petite causette. On prend le pouls. On plaisante un peu. On roule des hanches. On aguiche. Parce qu'on ne sait jamais…

Dès cette époque, le futur président affichait parfois un comportement atypique qui pouvait intriguer. Il y avait d'abord qu'il avait du mal à conclure. Pas au plan sentimental. Là cela allait bien. Enfin tant qu'il ne s'agissait pas de conclusion formelle genre mariage ou autres dispositifs inventés pour réduire les libertés. Non, la carence des conclusions agissait surtout dans la vie de tous les jours. On aurait pu penser qu'il s'agissait de procrastination, mais en fait non. Pas vraiment. Il s'agissait plutôt pour lui d'éviter de prendre une position définitive sur tel ou tel point, pour le cas où il se serait avéré utile d'adopter en fin de compte une position inverse. Ne jamais insulter l'avenir ! Bon et puis en dehors de cela, il y avait… comment dire… cette impossibilité où il se trouvait de réaliser le côté un peu en marge de son comportement. Une impossibilité à s'extraire de la situation pour porter sur elle un œil extérieur, objectif. De ceci résultait qu'il paraissait toujours un peu ridicule. Décalé. Cela semblait l'amuser d'ailleurs, cette idée qu'on le voyait sous un jour grotesque. En fait, son sens de l'humour était développé à un tel point qu'il négligeait son propre ridicule au profit du comique qui en résultait pour tous. Il était spectateur de lui-même et en riait beaucoup. Peut-être une sorte de schizophrénie…

Un témoin racontera bien plus tard, lorsque toute cette sombre affaire se sera un peu effacée dans les esprits :

— Non mais à présent que vous me le dites, je me rappelle que le président, alors qu'il n'était encore même pas candidat, m'avait prié de passer le voir un soir à son domicile. Je ne vous cache pas avoir été un peu décontenancé par la décontraction dont il avait alors fait preuve. Principalement par sa tenue. Je l'ai trouvé en pyjama et robe de chambre. Bon déjà ça, c'était curieux. Mais il avait aux pieds des souliers vernis. Vous voyez, de ceux que l'on met dans les grandes soirées où l'on est tenu de paraître en smoking. J'avoue que le mélange pyjama chaussures vernies m'a surpris au plus haut point. Bon, mais après tout pourquoi pas ? Il était déjà tard, il était chez lui et n'allait surement pas ressortir. S'il était bien ainsi, c'était à lui de voir.

— Mais c'est quand même un peu curieux ce que vous racontez. A cette époque-là il était normalement en parfaite possession de ses moyens…

— Vous avez raison. Mais c'est aussi un peu pour cela que je vous raconte cette histoire. Il y a … les problèmes que l'on a connus récemment, soit. Mais le terrain était propice. Le président a toujours été un peu particulier, même avant d'être président. Mais je témoigne que cette histoire de pyjama n'avait nullement altéré ses capacités intellectuelles. C'est en effet ce soir-là que lui était venu à l'idée si piquante de faire tomber l'ancien secrétaire général du parti dans une chausse-trappe de son invention. Il fallait voir comment il m'avait décrit, les yeux brillants, la manière dont les choses allaient se passer. Il avait prévu que, grâce au réseau dont disposait le parti au sein du ministère de l'intérieur, la fuite dont les journaux allaient se faire l'écho resterait parfaitement anonyme. Mieux, elle serait probablement mise sur le dos de l'extrême droite. Cela, il ne pouvait pas encore le dire à coup sûr mais il pensait bien que cela marcherait. Il avait anticipé la réaction du bureau, la grogne des adhérents, les hurlements de l'opposition. Il avait également prévu de proposer son aide au malheureux, mais d'une façon telle que celui-ci ne pourrait que la refuser. En l'acceptant, il serait tellement redevable au président –enfin au futur président – qu'il ne pourrait plus s'opposer à sa déclaration de candidature. En la refusant, il coulerait doucement dans l'anonymat politique. Il avait strictement tout prévu. Et cela s'est passé comme il l'avait anticipé. Alors vous savez, l'histoire du pyjama, cela ne m'a pas beaucoup inquiété. Cette soirée-là nous a permis de nous débarrasser de ce concurrent à tout jamais. Non, j'avais tout simplement devant moi un homme génial, mais en pyjama et chaussures vernies.

Et puis un jour, à force de torpiller tout ce qui bougeait, il n'y a plus eu personne pour s'opposer à l'ascension du secrétaire général. Ni dans son parti, ni ailleurs. Ils étaient tous KO dans leurs micros partis. Le candidat allait pouvoir essayer de devenir président, à la stupéfaction de tous ceux qui le connaissaient un peu ou croyaient le connaître. Il s'était dorénavant attaché l'appui indéfectible de quelques familiers trop falots pour envisager eux-mêmes leur propre aventure vers les arcanes du pouvoir, mais malgré tout nécessaires au grand œuvre de ménage entrepris par le secrétaire général. Evidemment, l'affaire n'était pas gagnée pour autant, mais au fil des années passées au sein du parti, le candidat avait appris à réduire à néant et en général par la ruse les obstacles qui pouvaient s'élever face à son ambition.

A la fin de cette période de montée vers le pouvoir, la grande Carrière lui était enfin ouverte. Il fallait à présent se préparer au combat ultime.

Chapitre 2 : La montée des marches

La préparation de la campagne pour la présidence de la République fut une période très intense au sein du parti. D'abord, comme par définition le temps des luttes intestines avait dû cesser pour faire émerger une candidature unique, on pouvait dire que le parti avait retrouvé une certaine sérénité. Le calme régnait dans les couloirs et les balles ne sifflaient plus dans tous les coins. Ou moins en tous cas. Restaient les regards, nettement moins dangereux. Gardons-nous toutefois d'une trop grande naïveté. Certes un candidat avait été choisi. Certes ce candidat pouvait s'enorgueillir du soutien de tous ses camarades… mais nous parlons alors de ceux qui restaient. Beaucoup d'autres étaient morts, tombés dans l'oubli ou le déshonneur à la suite de diverses manœuvres tendant à les mettre hors circuit. D'autres encore avaient dû prestement quitter le devant de la scène pour préserver ce qu'il leur restait de crédit dans la société. Tous ceux-là attendaient leur heure, tapis dans l'ombre des recoins de leur micro-mouvement. Leur élimination avait accru leur haine. Que le candidat choisi trébuche et tout un peuple haineux se ruerait sur lui pour la curée.

Il demeurait malgré tout quelques seconds couteaux dont la fidélité tenait en grande partie à l'espoir de récupérer quelques miettes échappées des poches du candidat au cours de son ascension. Tous ceux-là travaillaient ensemble et œuvraient au même objectif : faire triompher leur héros. Cela changeait terriblement les habitudes. Nous pourrions même dire qu'au début, ils ne savaient pas trop comment s'y prendre pour se comporter avec droiture et fidélité. Cela faisait des années qu'ils se faisaient tous des entourloupes. A force, on finit par oublier les bonnes manières. Bon, déjà, finis les apartés de fin de comité avec le regroupement des mouvements autour de leur chef. Unis, ils étaient à présent rassemblés dans un même combat et donc dans le même coin de la salle de réunion. Tous, enfin, la plupart.

Bon et puis cette période était celle où il était enfin permis de croire qu'on allait revenir au pouvoir. On a beau dire, cela manquait un peu, les ors de la république, les interviews, les passages au 20 heures et les allocutions du 14 juillet. On se remémorait avec émotion le septennat de François Mitterrand. En voilà un qui savait se souvenir de ses amis. Personne n'avait été oublié. Et quand il n'y avait plus de poste à pourvoir à l'assemblée, au Quai ou au conseil économique et social, qu'à cela ne tienne : on créait une haute autorité à n'importe quoi. Cela faisait un ou deux postes disponibles. Alors, à présent que l'illustre président les avait quittés, la nouvelle campagne qui se déroulait offrait à chacun le loisir de profiter d'un éclairage fugace. Pendant quelques mois les baronnets du parti allaient pouvoir illuminer leurs yeux de ces savoureuses perspectives.

Une des journées les plus marquantes de cette période fut celle où, autour du secrétaire général, ils tentèrent de mettre au point la stratégie à suivre et les arguments à développer lors du face à face du second tour. Oui, le second tour, parce que le premier tour, tout le monde s'en moquait un peu. Tout était déjà joué. Et après, le secrétaire général comptait énormément sur ses troupes pour lui donner des idées originales, des axes d'attaques, des stratégies de campagne décapantes. Les réunions de brain storming se succédaient sans discontinuer, au cours desquelles chacun laissait aller son imagination dans une ambiance en général assez détendue.

La réunion dont nous allons faire le récit s'est révélée être finalement tout à fait déterminante. Commencée dans le plus grand sérieux, elle avait peu à peu évolué vers la farce à la grande joie de chacun des participants. Cela se passait un soir d'avril, au siège du parti. Le secrétaire général présidait.

— Bon, la séance est ouverte. Je vous rappelle que nous devons ce soir réfléchir à nos axes de campagne, singulièrement à ceux que je devrai mettre en exergue lors du face à face du second tour. De ce débat sortira sans doute le vainqueur de l'élection. Il sera suivi par quasiment tous les électeurs. Il faut faire mordre la poussière à notre adversaire. Or, les français connaissent par cœur notre programme. C'est un peu notre handicap. Le programme, c'est le même depuis des années. Il a eu du temps de François Mitterrand un certain succès qui nous a amené aux plus hautes fonctions. On se souvient toutefois que le président avait pris soin après quelques années au pouvoir d'en modifier sensiblement le contenu dans le souci de voir si d'autres solutions ne pourraient pas être mises en place, qui se révèleraient plus efficaces et moins coûteuses que nos trucs habituels qui au fond n'ont jamais marché.

— Ah ben quand même, il y a eu le front populaire !

— Oh oui, le front populaire… rappelle-moi, c'était en…36. Il y a plus de 75 ans…Tu t'imagines quand même pas que c'est en invoquant ce vieux bidule que je vais pouvoir me faire élire ! Et puis de toutes manières, après le front pop, il y a eu la guerre, et les gens ne se souviennent plus que de cela. Les congés payés, ils les prennent, mais ils ont oublié à qui ils les devaient. Enfin, pour en revenir à Mitterrand, quoi qu'il ait tenté, à la fin tout le monde en avait assez et il a fallu laisser le pouvoir aux autres. Du coup, nous, on a un sacré courant à remonter et il faudrait que nous fassions preuve d'un peu d'imagination ! Sers-moi un Whisky Paul, qu'est-ce que tu attends !

Oui, il faut dire que ce n'était parce que la réunion était importante qu'on allait négliger les petits à côtés qui faisaient le charme de la vie collective dans le parti. Comme ils aimaient à le dire : réunion du soir, un bon coup à boire ! Alors c'était vite devenu une habitude, magnifiée par le stress de la campagne à mener. Chaque soir il y avait une réunion et après on prenait un petit whisky. Et puis, l'élection approchant, l'ordre des choses se modifia. On se réunissait chaque soir autour d'un whisky et puis on commençait la réunion. C'était une nuance, mais elle avait son importance ! Et donc pour en revenir à ce conciliabule du mois d'avril, ils avaient tous beaucoup bu, et lorsque le secrétaire général leur a demandé ce qu'il pourrait bien faire d'intelligent lorsqu'il serait président, ils s'étaient déchaînés. Chacun y était allé de sa proposition :

— Moi, si j'étais président, je serais un président normal.

Là, ça a jeté un froid. Ils se sont tous regardés et se sont absorbés dans une réflexion profonde tout en se resservant une petite rasade. En fait que pouvait être un président normal… ? Dès lors qu'on habitait le palais de l'Elysée, que l'on avait pouvoir sur tant de choses, personne ne voyait très bien comment on pouvait demeurer normal. A la fin, l'un des assistants éclata d'un rire sonore.

— Un président normal ! N'importe quoi !

Les autres joignirent leurs rires à l'unisson. Un président normal ! Et ils se tapaient sur les cuisses tellement elle était bonne celle-là.

— Pour ma part, si j'étais président, je ne traiterais pas le premier ministre de collaborateur.

Là, ils étaient tous plutôt favorables parce que la plupart autour de la table espéraient bien devenir premier ministre. Bon, mais en même temps, ils se souvenaient bien de la manière dont Mitterrand avait traité Rocard. Des fois, l'histoire bégaye…

— Eh bien moi, si j'étais président, je laisserais la justice fonctionner de manière indépendante.
— Non non non, pas question !
— Ah ben ça, sûrement pas !
— Et puis quoi encore !
— T'es tombé sur la tête ou quoi ?

Protestations unanimes effectivement. La proposition avait suscité un mouvement de réprobation générale. En effet, comme ils avaient tous plus ou moins une casserole aux fesses, l'idée même que la justice puisse agir en toute indépendance les gênait beaucoup. La casserole, pensaient-ils, elle n'était pas venue s'accrocher là toute seule ! Ils avaient bien l'intention, s'ils parvenaient au pouvoir, de rendre la pareille à leurs adversaires. On faisait toujours comme cela et il n'y avait aucune raison de changer.

— Moi, si j'étais président, j'aurais de la considération pour les partenaires sociaux.
— Et moi, si j'étais président, je ferais la proportionnelle.
— Moi, moi, je serais opposé à un statut judiciaire spécial pour le président.

Et à la plupart des énoncés les participants se pliaient en deux de rigolade. Le secrétaire général n'était pas le dernier. Il était rouge comme un poisson dans un bocal à force de rigoler. Les larmes aux yeux il avait.

— Moi, si j'étais président, j'aurais du respect pour l'opposition.

Explosion générale. Ils n'étaient plus loin de rouler sous la table à force de se tenir les cotes.

— Moi, j'imposerais un code de déontologie à mes ministres !
— Et moi président, je te mettrais une bonne dose de proportionnelle.

— Arrête, arrête on n'en peut plus. La proportionnelle maintenant, et pourquoi pas demander aux députés de renoncer à leurs mandats locaux tant qu'on y est ! Moi président, je mènerais à bien la décentralisation.
— Oui, c'est ça, comme de Gaulle.

Tous les autres encore en état de parler hurlaient « Oui, comme de Gaulle… de Gaulle… de Gaulle… »

— Tant qu'on est dans les grands, moi président je ferais preuve de hauteur de vue pour les grandes orientations du pays.

Après une heure de rigolade insensée, le secrétaire général essaya d'arrêter la déconnade et de reprendre son sérieux quelques instants. Reprenant son souffle avec peine, il tenta de clore la réunion. Dans un hoquet, il s'exclama :

— Ah mon Dieu, quelle bonne rigolade quand même. Allez, un petit dernier et on ne se connait plus. Paul, vas-y, sers.

Paul était toujours prêt à servir.

— Et puis vos conneries de « Moi président… ! » Vous êtes tous fadas ou bourrés. Ou les deux. Avec des farfelus comme vous, je ne suis pas près de le gagner le débat du second tour ! Enfin, on verra bien ce que je pourrai tirer de tout ça…

Vous imaginez la suite.

A la fin de tout, il fut élu à la présidence de la république à la grande satisfaction d'une petite moitié de la population en âge de voter.
Et cela allait bouger, non mais alors !

Chapitre 3 : Les premiers pas du président

Les débuts du président à la tête du pays furent tout à fait convaincants. Dynamique et enjoué, il continuait sur sa lancée de secrétaire général de parti de manier ses interlocuteurs avec une aisance déroutante. Ses adversaires politiques en faisaient tous les jours la douloureuse expérience. Bien sûr, il avait subi quelques échecs. A force de fanfaronner durant la campagne, il avait bien fallu que de temps en temps la réalité reprenne le dessus. Mais cela n'avait rien de grave. Voyez-vous, ce qui est gênant, ce n'est pas la réalité. C'est ce qu'en voient les gens. Et aux gens, on peut leur faire voir à peu près ce que l'on veut. Attention, il ne s'agit nullement de ce qu'on appellera plus tard des « fake news ». Pas le moins du monde. Ce qu'il se passait se rapprocherait plus de ce que l'on appelle le verre à moitié plein ou à moitié vide. Je vous explique. Par exemple, imaginez que le candidat ait tenu des propos permettant de supposer qu'il mettrait la chancelière d'Allemagne à genoux – enfin, pas de méprise, c'est une manière de parler. Alors dès qu'il est élu, il se précipite en Allemagne. Eh quoi ! Que voulez-vous que fasse la chancelière ? Elle le reçoit. Elle sait pertinemment ce que l'autre va lui dire. Elle est au courant. Elle aussi elle a la télé. La campagne, elle l'a suivie. Elle n'a aucune envie de le voir, le nouveau président, pour l'entendre dire exactement le contraire de ce que, selon elle, il faudrait dire. Mais elle n'a pas le choix. Elle doit y passer à la visite. Depuis de Gaulle et Adenauer, on a des habitudes. On s'aime. On s'écoute, et on laisse les sudètes tranquilles. Donc la chancelière s'empresse de recevoir le nouveau président. Eh bien ça, pour l'Elysée, c'est déjà une victoire l'air de rien. Dans tous les média on va voir le président embrasser la chancelière. Elle tout sourire. Mais le fond me direz-vous ? Elle n'a pas cédé la chancelière ! Pas un iota ! Oui, vous avez raison. Pas un iota. Mais en cherchant bien, vous ne croyez pas qu'on va finir par les trouver les points d'accord. Et on va les mettre en valeur. La presse ne parlera plus que d'eux. La cellule de communication y veillera. Comment voulez-vous qu'on ne soit pas d'accord sur le terrorisme ! Et sur la nécessité d'accroître les échanges entre nos deux pays ! Bien sûr qu'on est pour. Et je ne vous parle pas du climat ! Voilà, le tour est joué. Le président est tombé d'accord avec la chancelière sur la grande majorité des points. Et si l'on peut admettre du bout des lèvres quelques points de divergence, alors il ne s'agira que de discussions franches comme doivent en avoir de vrais amis. Bon et puis si cela n'avait pas marché, si on avait été en total désaccord sur tout, il y aurait encore eu des solutions. Par exemple allumer un feu ailleurs. Tout le monde se mettra à regarder l'incendie sans voir le désastre autour. Et tout à la fin, si rien n'y fait, il suffira de proclamer que l'accord était total, que la chancelière avait une coalition à préserver et qu'elle se devait de tenir officiellement une ligne décalée. Mais au fond, bien sûr qu'elle était d'accord. Il l'avait bien eu la chancelière, notre président !

Ah, et puis il y avait aussi ces promesses de campagne… On n'allait quand même pas faire une campagne sans saupoudrer quelques promesses. Les électeurs, il faut bien les faire venir. Regardez, les pigeons sur la place Saint Marc… Non, bien sûr, cela n'a aucun rapport. Mais enfin, pour les faire venir, on leur donne quelques miettes de pain, aux pigeons. Même si cela n'a rien à voir avec les électeurs. Foutues promesses ! Que c'était agaçant qu'on vous les remette toujours sur le tapis. Le président s'en plaignait d'ailleurs. Surtout si quelqu'un en reparlait devant quelques millions de spectateurs !

— Dis-donc tu m'as envoyé dans un sacré merdier avec ton idée de me faire passer avant le journal pour être interviewé par les deux zozos que tu avais racolés. Non mais qu'est-ce que c'est que cela. Toujours à chercher la petite bête, à argumenter. Tu ne pouvais pas les briefer ?
— On a essayé, mais ils nous ont baisés. Ils ont fait semblant de comprendre ce qu'on leur disait et puis à la fin, ils ont fait ce qu'ils ont voulu.
— Alors à quoi ça sert que j'ai une cellule de communication ? On ne vous paye pas pour faire du nombre ou jouer aux cartes dans les bureaux. Du résultat. Vous savez ce que c'est le résultat ? Il n'y a que cela qui m'intéresse. Eh bien le résultat, c'est que je suis passé pour un con.

En aparté, les gens de la cellule de communication pensèrent que ce ne serait ni la première ni la dernière fois que le président passerait pour… enfin voilà. Il avait dit « pour un con ». Il n'était pourtant pas dans les habitudes du président d'être grossier. Etre grossier avec quelqu'un, c'est insulter l'avenir. On ne sait jamais ce qu'il peut se passer par la suite. Ce qui fait qu'à part quelques sorties de route, le président était gentil avec tout le monde. Si vous saviez le nombre de personnes qu'il a reçues et avec lesquelles il est tombé d'accord. Et le nombre de promesses pour tel ou tel poste. Et les « On se comprend, hein ! » qui mettaient en joie l'interlocuteur. Bon, cela ne tenait pas très longtemps, parce qu'à force d'être d'accord avec tout le monde, on avait le choix entre deux écueils. Soit on se mettait à dos la moitié de ses interlocuteurs parce qu'on faisait le contraire de ce qu'on leur avait dit, soit on ne faisait rien du tout. Et au bout d'un certain temps ça finissait par énerver tout le monde. Dans l'ensemble, c'est plutôt cette seconde voie que le président adopta. De là l'utilité toujours renouvelée de la cellule de communication et de là aussi l'agacement marqué du président lorsque celle-ci échouait dans sa tâche.

En même temps, c'était quand même un peu de sa faute si l'attente des français était si forte. Il avait tant promis. Et puis c'est incroyable, dès que les électeurs désignent un homme de gauche, ils croient que c'est arrivé, que tout leur est dû. Comme s'ils n'avaient aucune connaissance de la réalité historique. Les dirigeants de gauche ont la plupart du temps fini par mener une politique de droite. Cela remonte au moins à Clémenceau. Même Mitterrand qu'avait pas été gentil gentil en Algérie. Au début on essaye de faire plaisir et d'agir conformément à ses promesses. Puis très rapidement on se rend compte que c'était idiot et qu'on allait droit dans le mur. Ce président-là a fait comme les autres. Comme les autres au début, puis comme les autres après, c'est à dire le contraire. Il ne faut pas lui en vouloir. Le seul regret peut-être est qu'il a été un peu plus long à se décider et encore plus long à dire qu'il était obligé de changer de politique. Cela l'ennuyait de faire de la peine à tant de gens. Et puis aussi, il n'était pas sûr qu'il n'allait pas rechanger d'avis. Ne pas insulter l'avenir. Jamais. C'est ce que je vous disais.

Bon mais tous ces petits soucis n'étaient rien comparés à ceux qui attendaient le président.

Chapitre 4 : Quelques mois après l'investiture, dans un lointain pays d'Asie…

L'histoire remonte à assez loin. Cela se passait dans un pays d'Asie célèbre pour sa dictature musclée au-delà du raisonnable. Le dirigeant avait décidé de secouer un peu les relations internationales de sorte qu'il puisse, profitant du chahut, continuer diverses expériences sur la fission nucléaire. Or personne ne voulait se charger, ailleurs dans le monde, de déclarer une guerre qui aurait occupé tous les esprits. Tout était calme et les gens n'avait qu'une chose à faire : regarder ce que lui faisait. Il avait donc demandé à l'université des sciences appliquées de chercher un moyen original susceptible d'influer sur le comportement de certains chefs d'état étrangers. Notamment ceux qui pourraient se révéler de dangereux opposants à la gloire du pays. Après plusieurs mois de recherches intenses, au cours desquels avaient successivement péri des milliers de souris, des centaines de lapins, un nombre incalculable de chiens et chats errants, et pour finir et optimiser les derniers réglages, une petite centaine de prisonniers politiques, le directeur de l'université avait demandé à être reçu par le grand dirigeant afin de lui présenter le fruit des recherches.

Après une fouille extrêmement complète, il avait été introduit auprès du chef de l'état. Il s'était, comme il est d'usage là-bas, incliné au plus bas, son front parvenant ainsi à toucher le tapis sur lequel se tenait le dirigeant. Puis il s'était délicatement redressé et, la tête baissée, avait attendu que le Grand Leader l'invite à prendre la parole.

— Parle, fils de chien !

Je fais un aparté. On pourra trouver peu amène cette manière de s'adresser ainsi à ses subordonnés, qui après tout étaient quand même des êtres humains. En France, on ne procéderait pas de la sorte. Mais en Asie, il pouvait en aller différemment. A force de famines, de révolutions, de complots, les gens s'étaient endurcis. Pour qu'ils comprennent bien, il fallait parler assez nettement. Le dirigeant avait remarqué qu'une indulgence trop manifeste envers son entourage se traduisait immanquablement par une trop grande décontraction de ses membres. C'est la raison pour laquelle il avait décidé d'opter pour un langage assez énergique, qui s'était substitué rapidement à son « Parle, imbécile », beaucoup trop doucereux.

— Grand Leader, nos illustres savants, toujours prêts à satisfaire vos désirs, ont je crois mis au point un procédé révolutionnaire susceptible d'altérer sensiblement le jugement des personnes que vous voudrez bien leur désigner comme cible…

Le directeur de l'université n'eut pas le temps de terminer sa phrase. Son interlocuteur s'était mis à hurler de façon tout à fait inconvenante qu'il n'était pas là pour s'entendre dire « je crois », que si la larve qu'il avait en face de lui n'était pas capable de lui assurer qu'à coup sûr son foutu procédé était infaillible, lui se chargerais personnellement de lui faire connaître un avenir « à coup sûr » désagréable. Les cris mirent en émoi les officiers de sécurité. Une dizaine de garde firent irruption dans le bureau, mitraillette au poing, prêts à abattre l'interlocuteur du Grand Leader. Leur précipitation s'était trouvée accrue par le fait qu'ils avaient entendu prononcés les mots « révolutionnaire » et « cible ». Les services de sécurité avaient évidemment interprété cela comme une menace imminente sur la vie de leur dirigeant. L'incident fut toutefois vite réglé par le Grand Leader lui-même qui hurla à l'intention du chef de la troupe des assaillants des paroles inintelligibles, des quelles toutefois ressortaient clairement les mots de soulard, fusillé, petite larve, paillasson, capitaliste, porc indigne. Le chef de la garde n'avait pas tout compris mais fut embarqué sans ménagement par ses troupes qui, elles, voyaient clairement là l'opportunité de mettre une fin définitive au règne de ce petit chef.

— Alors, pauvre larve, ça vient la suite de ton histoire…

Evidemment l'incident avait quelque peu impressionné le président de l'université. En même temps pas plus que cela car il était notable que le dirigeant n'était pas d'un commerce facile. A ce qu'en disaient toutefois les visiteurs qui étaient parvenus à échapper à sa vindicte et à ressortir du palais sur leurs deux jambes.

— Voilà très grand dirigeant : nous avons pu créer un virus **À COUP SÛR** capable d'apporter de profondes modifications au cerveau de ceux qu'il infecte. Les dégâts sont considérables…
— Mais pauvre être sans envergure, il ne s'agit pas de les tuer. Sinon, ils en éliront d'autres avec leur connerie de démocratie !

— Non non Grande Gloire du Pays. Le virus ne tue pas. Il entraine simplement des modifications de comportement. Des troubles bénins qui toutefois s'aggravent parfois mais n'empêchent pas la cib… euh non la personne visée je veux dire de paraitre à peu près normale. Juste une toute petite tendance à la régression intellectuelle. Une sorte d'infantilisme précoce, ou plutôt tardif. Dès lors, placé au bon endroit, le virus engendrera des anomalies dont votre grandeur pourra tirer profit.

— Pas compris…

— Eh bien comment dire. Imaginez qu'à la suite de l'ingestion de ce virus le dirigeant d'un grand pays ennemi se mette à vous insulter. Qu'il se mette à tenir des propos que personne n'oserait imaginer. Il vous traiterait par exemple de Rocket man. Il dirait qu'il a un plus gros bouton nucléaire que le vôtre, un plus gros zizi. …Je ne sais pas, des choses comme cela. Alors le monde entier comprendrait que notre grand pays et son illustre dirigeant ne puissent quand même pas se laisser insulter de la sorte. On trouverait après tout normal que vous réagissiez avec la plus grande fermeté. Et hop, un petit essai nucléaire. On n'est pas des lopettes après tout…

A ces mots, singulièrement le mot de « lopette » venant de quelqu'un s'adressant au Grand Leader, il se produisit une nouvelle irruption de la garde, dirigée cette fois par un nouveau chef. La flopée d'insultes qui lui fut adressée rétablit rapidement la situation, même s'il était probable après cela qu'il ait de nouveau fallu chercher un autre patron pour la garde présidentielle.

— Continue, pieuvre infâme !
—Un avantage de ce virus est qu'il se diffuse avec une facilité déconcertante et qu'il ne devrait pas être trop compliqué de l'introduire dans le cerveau de nos adversaires…

La conversation se poursuivit ainsi agréablement, sur un ton mi mondain mi badin. Au terme de quoi le Grand Leader fut tout à fait convaincu qu'il tenait là une arme redoutable, d'emploi très pratique, à utiliser conformément à la posologie pour des usages internes ou externes au pays. Il congédia aimablement le directeur de l'université :

— Fous-moi le camp, pauvre porc hideux, minuscule fourmi. Retourne à tes éprouvettes avant que je te fasse fusiller.

Chapitre 5 : À la Direction du renseignement Extérieur :

Rapport reçu du correspondant en Asie de la Direction du Renseignement Extérieur à son supérieur à Paris :

<u>**Secret défense**</u> :

Nos informateurs nous indiquent que les scientifiques du pays que vous m'avez demandé de surveiller plus particulièrement viennent de mettre au point une molécule - ou un virus, nous ne savons pas encore très bien - aux effets particulièrement dévastateurs sur le cerveau des personnes infestées. Son action, à effet extrêmement rapide, se traduirait par une dégradation importante de la capacité de raisonnement et une sorte de retour à l'état infantile. Nous ne connaissons pas encore l'usage que les dirigeants du pays ont l'intention de faire de cette invention.
Nous investiguons de manière plus approfondie et vous tiendrons informés du suivi.

Très respectueusement, le chef de la représentation française
Votre dévoué.....

Second rapport reçu du correspondant en Asie de la Direction du Renseignement Extérieur à son supérieur à Paris :

Secret défense :

Nous avons pu établir un contact avec l'un des scientifiques de l'université en charge du développement du virus objet de notre précédente communication. Ce scientifique est particulièrement sensible à nos arguments et nous avons bon espoir de nous procurer par son intermédiaire quelques échantillons de la mixture virale. Nous ne manquerons pas de vous tenir informés du suivi. Secret absolu. Sécurité d'état.

Très respectueusement, le chef de la représentation française
Votre dévoué.....

Troisième rapport reçu du correspondant en Asie de la Direction du Renseignement Extérieur à son supérieur à Paris :

Secret défense :

Nous avons pu entrer en possession de trois échantillons contenant le virus objet de nos précédentes communications. Enfin non, seulement deux parce que malheureusement un échantillon nous a glissé entre les doigts et s'est malencontreusement

fracturé. Du fait du caractère extrêmement contagieux du virus, nous avons porté la plus grande attention à nous nettoyer copieusement les mains de sorte que cet incident reste finalement sans conséquence.
Nous vous transmettons les deux échantillons restant par la valise diplomatique. Prenez bien garde, les flacons sont très fragiles.

Tiens, voilà du boudin.

PS : *il semblerait que le virus soit effectivement terriblement contagieux. Amélie, la responsable de notre service courrier, que je connais personnellement très bien pour des raisons qu'il serait trop long d'expliquer ici, vient en effet de me dire : « Allez hop mon chou ». Ceci n'est pas normal.*

Allez, à la revoyure.

À la Direction du Renseignement Extérieur, quelque chose avait paru louche. La forme de la communication reçue du correspondant en Asie intriguait. Cette histoire de boudin et de revoyure… Les autorités pensèrent un instant qu'il pouvait s'agir d'un code secret ou de quelque chose comme cela. Le correspondant avait peut-être voulu attirer l'attention de ses chefs. Peut-être avait-il été contraint d'émettre ce message et cherchait-il à le faire savoir… Le problème remonta rapidement dans la hiérarchie.

— Mais enfin, on n'utilise pas un code que personne ne connait ! Ce serait contraire à toutes les règles !

— Bien entendu Monsieur le Directeur. Mais en même temps, ce serait extrêmement habile de la part de notre correspondant. Un code que personne ne connaitrait, rendez-vous compte !
— Mais vous êtes tombé sur la tête Bill !

Oui, ce sous-directeur à la Direction du Renseignement Extérieur s'appelait malheureusement Bill. Il était donc cohérent que son supérieur l'appelât ainsi même si, reconnaissons-le, tout cela était tout à fait ridicule.

— Pas forcément, Monsieur le Directeur. Il nous suffit de le décoder.
— Ah, oui, bien sûr… Je n'y avais pas songé. C'est vrai…. Mais si jamais on ne le décode pas… On sera très embêtés. Il faudrait en parler au service du chiffre.
— Je vous propose, Monsieur le Directeur, d'essayer dans un premier temps de considérer que nous ne sommes pas face un code. Ce serait beaucoup plus simple.
— Ah oui … je n'y avais pas songé…. Mais alors, si ce n'est pas un code, qu'est-ce que c'est que cette foutue histoire de boudin et de revoyure, voulez-vous me le dire Bill ?

Dire Bill ! C'est encore plus ridicule !

— Eh bien par exemple, on en reste au texte. Rien qu'au texte. Il nous dit que ce virus est extrêmement dangereux et contagieux. On devrait peut-être tout simplement le croire. Notre correspondant a été infecté.
— Mon Dieu Bill ! Quelle horreur !

— Bien sûr Monsieur le Directeur. Mais pour être franc, ce n'est pas là le pire.
— Que voulez-vous dire Bill ?
— Je veux dire Monsieur le Directeur que je ne serais pas surpris que notre valise diplomatique soit elle-même infectée.
— La valise Bill ? C'est cela que vous voulez dire ?
— Bien sûr la valise Monsieur le Directeur. Et si ce virus est si contagieux, toute personne approchant la valise diplomatique risque de se trouver infectée.
— Ne me dites pas cela Bill. Il y avait un pli personnel pour le Président !
— Quel président ?
— Mais le Président, le nôtre, celui de la République Française !

Bill s'était insensiblement mis au garde à vous.

— Il ne faut surtout pas lui transmettre Monsieur le Directeur. Pour rien au monde !
— Mais c'est trop tard. Le pli est parti ce matin à l'Elysée ! Mon Dieu !
— Mon Dieu !... Il faudrait vérifier auprès du motard chargé des liaisons avec le palais. Peut-être n'a-t-il pas remis le pli instantanément. Peut-être le Président était-il absent et n'a-t-il pas encore réceptionné le document.
— Mais oui, bien sûr. … Je n'y avais pas songé.

Le Directeur appuya sur une touche de son interphone. Quelques instants plus tard, un motard se présentait dans l'encadrement de la porte, son casque sous le bras.

— Ah brigadier, est-ce bien vous qui avez fait la liaison avec l'Elysée ce matin ?
— Tout à fait Monsieur le Directeur
— Il y avait un pli pour le Président ?
— Affirmatif Monsieur le Directeur
— Parfait, parfait. Et où est-il à présent ?
— Ah je ne sais pas Monsieur le Directeur. Le Président ne m'a pas dit où il allait.
— Comment cela où il allait ? Qui ?
— Le Président Monsieur le Directeur
— Mais pourquoi sauriez-vous où est le Président. Je ne comprends rien !
— Je ne suis pas sûr de comprendre non plus Monsieur le Directeur. Ce que je sais c'est que je lui ai remis le pli en main propre, comme on me l'avait demandé. Par contre, je ne sais pas où il est.
— Qui ?
— Bien le Président Monsieur le Directeur. Vous me demandiez où il était…
— Mais pas le Président. Le pli qui lui était destiné bien sûr.
— Il l'a reçu en main propre de mes propres mains Monsieur le Directeur, déclara fièrement le brigadier.
— Mon Dieu !... Au fait, je pense à quelque chose Brigadier… Vous allez bien ?
— Bien sûr Monsieur le Directeur. Je vous remercie. Juste besoin d'aller faire un petit dodo.
— Mon Dieu ! Quelle horreur ! Bill dites quelque chose….

Chapitre 6 : Les premiers assauts de la maladie

A vrai dire, l'ensemble des collaborateurs du président s'était très vite aperçu que quelque chose était en train de changer. Dès l'origine, ils avaient remarqué notamment qu'il était préférable de ne pas laisser le patron dans le vague. Le patron, c'est ainsi qu'ils l'appelaient familièrement entre eux. Les choses donc devaient lui être dites clairement, sans froufrou autour. Au début du mandat, tous tenaient absolument à bien expliquer ce qu'ils faisaient. Ils mettaient en valeur l'efficacité de leur action par l'énoncé des multiples difficultés auxquelles ils s'étaient heurtés. Mais tout cela s'était révélé beaucoup trop compliqué pour le président, surtout avec l'évolution de la maladie. S'il venait à ne pas saisir le problème dans sa globalité, on pouvait craindre des réactions inattendues. En fait, il ne supportait pas de ne pas comprendre. Cela le mettait dans une position d'infériorité qui pouvait rapidement le porter à quelques excès. Qu'il ne comprenne pas tout du premier coup d'œil était certes préoccupant. Mais la vraie difficulté tenait à ce que, compris ou pas compris, il tirait très rapidement des conclusions de ce qu'il comprenait plus ou moins. Et dès lors, il ne tardait pas à agir en conséquence, alors même que personne ne s'y attendait. Il prenait de vitesse son entourage et avait presque fini par en faire un jeu. « Je vous ai bien eus, hein ? » disait-il fréquemment depuis quelques semaines. Les conséquences de cette précipitation étant de plus en plus imprévisibles, beaucoup de ministres et de conseillers avaient décidé de préciser, le plus souvent possible, que « l'opération n'était pas terminée ». Ils espéraient ainsi amener le président à attendre une information complémentaire avant d'entreprendre quoi que ce soit. Il fallait qu'ils répètent plusieurs fois que l'opération était encore en cours, de sorte que cela finisse par marquer durablement le président. D'ailleurs, il avait rapidement demandé lui-même à disposer de cette information. Il était très fréquent qu'il demande, alors qu'on l'informait de quelque chose : « Et l'opération, elle est terminée ? ». Souvent, sa question convenait tout à fait ou en tous cas n'était pas très éloignée d'un questionnement acceptable.

Parfois, sa question s'adaptait moins bien aux circonstances. Un exemple parmi d'autres, lors d'une conversation avec un chef d'état européen durement touché par la mort accidentelle de son épouse. On avait prié le président de téléphoner sans délai à son homologue pour lui présenter ses condoléances et l'assurer du soutien de l'ensemble du Pays. Le pauvre veuf avait alors raconté, la voix brisée, les détails de l'accident qui lui avait arraché son épouse bien-aimée, Marguerite (Ah oui, elle s'appelait Marguerite). Il n'avait pas compris pourquoi alors le président français s'était obstiné à demander si tout cela était vraiment terminé. Il en avait même été chagriné.

Les alertes concernant son état de santé se multipliaient. Le virus s'était propagé sournoisement dans son organisme. A présent, il était clair que le cerveau était atteint. Le président était réellement malade, pas seulement bizarre. Sinon bien sûr, si ce comportement avait été partie intégrante de sa personnalité, on s'en serait aperçu avant. Les Français ne sont pas stupides. Ils ne l'auraient pas élu. Jamais, vous pensez bien ! Mais n'y aurait-il eu que le bonhomme, sans son virus, sans l'excuse du virus, aurait-on eu une présidence normale ? Peut-être pas non plus. Mais après tout, la démocratie, c'est cela. Le type à l'air sympathique, on vote pour lui. Et en plus quand il promet qu'il va arranger les choses, il n'y a plus d'hésitations à avoir. Ou alors, si on trouve que la démocratie donne des résultats trop aléatoires, on laisse s'instaurer une dictature. Là, c'est plus simple. Bonaparte, lors du coup d'état du 18 brumaire, il a demandé les pleins pouvoirs, il a insisté un peu, puis comme cela ne venait pas, il a fichu les assemblées à la porte. Dans ce cas-là, évidemment, on ne peut pas en vouloir au peuple si finalement le dictateur fait des choses qui ne sont pas convenables. Ou trop de guerres. Non, décidément, dans le cas du président, les gens ne pouvaient pas savoir. Le mal avait rampé dans son cerveau, infiltrant ses vapeurs narcotiques au fil des jours. Puis cela avait fini par éclater vraiment, par resplendir dans tout le palais de l'Elysée. Car le virus s'était en effet diffusé au-delà du président. Il avait atteint ses plus proches collaborateurs. On peut sans crainte affirmer que contagion il y avait eu. Toutefois, pour être précis, il faut distinguer deux sortes de contagion : Il y avait d'abord ceux qui manifestement étaient atteints par le virus lui-même. Leur comportement ressemblait étrangement à celui du président. Une absence de barrière, une capacité permanente à s'amuser, à faire l'imbécile ou au contraire à s'énerver. Des grands enfants en somme qui jouaient avec le président dans les allées du pouvoir.

Sur ce groupe-là, si n'était le problème qu'ils étaient au cœur de l'Etat, il n'y avait pas grand-chose à dire. Ils étaient malades. Ils n'y pouvaient pas grand-chose. Comment s'il ne s'était pas agi de maladie les esprits les mieux éclairés du génie français, des élites surgies des plus prestigieuses écoles auraient-elles pu se laisser aller à ce point à un comportement aussi préoccupant ? A vrai dire ce qui choquait peut être un peu plus, c'étaient les autres. Ceux qui faisaient semblant d'être malades. Pourquoi jouer à ce jeu dangereux ? Des chercheurs se pencheront sûrement sur cette période, lors de la déclassification des archives. Au stade actuel, il semble tout simplement qu'il se soit produit là-bas une sorte de mimétisme. Une synchronisation malheureuse entre le comportement du président ou de ses proches et celui d'un cercle un peu plus éloigné du centre. D'une certaine façon, il se serait agi pour eux d'une défense. En adoptant partiellement un comportement proche de celui du président, en feignant de ne pas remarquer les premières alertes, pire, en ne voyant pas en elles de signaux inquiétants, ils avaient inconsciemment protégé leur équilibre. A moins que ce ne fut tout simplement leur poste. Si eux, qui n'étaient pas malades, acceptaient tant bien que mal les ...bizarreries du président et de ses disciples, c'est qu'après tout son comportement n'était pas trop éloigné de la normale. En se comportant eux-mêmes de façon analogue, les conseillers ne faisaient après tout que consolider dans leur esprit le caractère acceptable du comportement présidentiel. Sinon, comment expliquer cette sorte d'omerta qui à partir d'un certain moment a recouvert le palais ?

Et puis pour être complet, il faudrait parler d'un troisième cercle. Celui des collaborateurs ni malades ni feignant de l'être et qui tout simplement ne comprenaient rien à ce qu'il se passait sous leurs yeux. Ils se trouvaient, sans avoir la moindre explication, confrontés aux symptômes de la maladie. Pourquoi donc les autres conseillers s'étaient-ils mis à rigoler constamment, à faire des farces comme de vulgaires potaches ? Pourquoi le président avait-il un comportement aussi curieux ?

Imaginez leurs têtes lorsque, pour prendre un exemple assez récent, le ministre des affaires étrangères, non encore contaminé à cette époque, avait relaté à ses collègues un incident intervenu entre les services du président russe et le président français.

La journée, raconta-t-il, avait commencé presque normalement. Il est vrai que depuis plusieurs semaines, le président donnait quelques signes de fébrilité. Il n'avait par exemple pas du tout apprécié le refus marqué par le président russe de se rendre à son invitation. Il voulait lui proposer de venir ici, à Paris, pour discuter des problèmes qui étaient découlés de l'annexion du Dombass. Ses conseillers s'étaient acharnés à lui expliquer que cette ingérence dans ce que les Russes considéraient comme leurs affaires intérieures n'avaient aucune chance d'être couronnée de succès. Selon eux, il était de beaucoup préférable de laisser les américains s'empêtrer sur le sujet. Rien n'y avait fait. Il avait insisté et insisté. Il voulait absolument recevoir le président russe à l'Elysée, pour disait-il « lui faire visiter»

— Mais Monsieur le Président, il est déjà venu plusieurs fois. Il connait parfaitement les lieux. Vraiment, ce n'est pas nécessaire de le faire venir ici. Ni pour la visite, et encore moins pour lui parler du Dombass.

Face à l'obstruction manifeste de ses conseillers, le président avait fini par appeler personnellement les services du dirigeant russe. Les services et pas le président lui-même, qu'il ne parvenait pas à joindre en direct. Celui-ci avait en effet demandé à ses collaborateurs de ne plus jamais lui passer le chef de l'état depuis qu'il avait constaté quelques anomalies de comportement. Peut-être même dès avant l'apparition des premiers effets du virus.

— Débrouillez-vous comme vous voudrez, mais vous ne me le passez sous aucun prétexte.

Il fallait donc filtrer au maximum toute communication en provenance de l'Elysée. Du coup, c'était un dialogue curieux qui s'était instauré ce jour-là, les services du Kremlin expliquant à notre président que leur président à eux était sorti, tandis que le nôtre refusait obstinément de les croire :

— Sorti ? Mais non, passez-le-moi. Vérifiez encore. Il n'est pas sorti, je le vois avec notre caméra.
— Quelle caméra ?
— Ben la caméra… Je ne sais pas moi, après tout, quelle caméra. Mais je peux vous dire que sur mon écran, là, sur la petite table à côté de mon bureau, je le vois votre président. Je peux vous dire, il est dans son

bureau en train de discuter avec… avec je ne sais pas qui. Je ne le vois pas bien. Là, regardez, il se lève !

Le président, absorbé par sa conversation avec le Kremlin, n'avait pas repéré les signes désespérés que lui adressait le ministre des affaires étrangères. Ce n'était pas parce qu'on avait réussi à installer une caméra au Kremlin dans le bureau du président russe qu'il fallait le dire à tout le monde. A la fin, n'y tenant plus, le ministre avait fini par arracher le téléphone des mains du président. Mettant la main devant le micro, il lui avait hurlé que c'était un secret.

— Oui bien n'exagérons pas. De toutes manières, on fait tous pareil. Ils doivent s'en douter les Russes. D'ailleurs, je suis stupide d'essayer de les joindre au téléphone. Je suis sûr qu'eux aussi ils ont une caméra.

Et là-dessus, le président s'était mis à poursuivre sa discussion avec le mur lui faisant face. Sans réponse d'ailleurs. Le ministre lui avait retendu son téléphone en lui expliquant que ce serait plus simple de continuer avec ça.

— C'est quand même incroyable de me piquer mon téléphone comme ça !
— Что вы сказали
— Quoi chtoï y doitsé! Je ne vous parle pas à vous les Russes! C'est au ministre que je parle ! Fichez-moi la paix !
— Что вы сказали
— Oh écoutez ça suffit comme ça. Vous, le ministre, expliquez leur aux Russes qu'on ne leur parle pas.

Mais en fait, les Russes avaient déjà raccroché. Le président réalisa alors qu'il avait fait une grosse gaffe avec cette histoire de caméra. Le ministre n'avait pas l'air content. C'était un peu normal. En même temps, c'était lui le président. On n'allait quand même pas oser l'engueuler. Alors, il avait pris les devants :

— Depuis quand Monsieur le Ministre des Affaires Etrangères vous croyez-vous autorisé à m'arracher mon téléphone des mains ? Je ne suis pas l'un de vos collègues avec qui vous chahutez dans mon dos au conseil des ministres. Ne protestez pas, je vois tout, j'entends tout, je sais tout. Allez allez, filez dans votre ministère avant que je fasse un esclandre.

La description du patron s'adressant au mur qui lui faisait face avait plongé les collaborateurs dans une grande perplexité. Le plus curieux fut que, dès lors que la parole se libérait, chacun se sentit autorisé à raconter des anecdotes remontant à quelques semaines, voire quelques mois. Parce que des exemples comme cela, il y en eut légions. Et comme de plus en plus de collaborateurs étaient soit touchés par la maladie, soit curieusement épargnés mais portés par mimétisme à se comporter comme des malades, le palais était devenu un immense capharnaüm. Les quelques personnes ayant encore la tête sur les épaules tentaient désespérément de maintenir un semblant d'ordre. La panique les gagna lorsque le président se mit en tête d'organiser des parties de cache-tampon. L'un d'entre eux nous a résumé le problème :

— Non, pas le problème. Les problèmes ! D'abord il y avait la difficulté que l'on ne pouvait quand même pas imposer au président de cacher tel ou tel objet. Pas question. Il voulait choisir lui-même ce qu'il allait cacher. On a essayé, mais il nous a fait un cinéma ! En même temps cela se comprend. Si un chien vous rapporte une balle pour que vous la relanciez, ce n'est pas la peine d'essayer de lui lancer à la place un livre, surtout du Proust, une fourchette ou n'importe quoi d'autre. Non. La balle. Il veut la baballe. Le président, pareil. S'il avait décidé de cacher un dossier, c'est celui-là qu'il devait cacher. Et ce n'était pas la peine de lui faire le coup de remplir le dossier de papiers sans importance. On lui a fait plusieurs fois et cela n'a jamais marché. Il vérifiait avant. Et je ne vous dis pas la crise quand il s'apercevait qu'on avait essayé de le rouler. Alors pour cache tampon, on a cédé sur l'objet caché en priant le ciel que ce ne soit pas la valise contenant les codes du feu nucléaire. Mais non.

Finalement il ne cachait le plus souvent que des petites choses sans intérêt. Les lieux où il les cachait inquiétaient plus. Les personnels encore sensés à l'Elysée étaient extrêmement inquiets. Qu'il y ait au palais des évènements totalement surréalistes, passait encore. Mais personne ne devait en avoir connaissance à l'extérieur. Et cela devenait de plus en plus difficile. On ne comptait plus les objets disparus que l'on retrouvait par hasard dans un tiroir, sous un meuble, et même, comble de la malice, cachés dans le porte document d'un ministre ou d'un autre. Et cela n'avait pas de limite. Lors d'une réception protocolaire à l'Elysée, il manquait la moitié des petites cuillers. On avait essayé d'interroger le président.

— Ah je vous ai bien eu ! Eh bien cherchez les les petites cuillers. Vous chauffez presque.

Il était hilare, ainsi qu'un certain nombre de ses conseillers les plus proches. On a mené des recherches, mais sans y croire vraiment. Le palais était trop grand. On a à peine retrouvé la moitié du stock. Il a fallu mettre des couverts Guy Degrenne. Non mais vous pensez ! Des couverts Guy Degrenne avec le service de Limoges que l'Empereur avait utilisé pour recevoir le pape lors de son sacre !

Le président était un homme très attachant. C'était le cas avant sa maladie. C'était d'autant plus le cas par la suite. Chacun au palais lui portait une sollicitude attentive. On le couvait un peu d'une certaine façon. Bien sûr on pourrait voir là, autant qu'une proximité de cœur, une vigilance tenant plutôt à la crainte de voir le patron se lancer dans une action contrariante. Et encore, si ce n'avait été que l'entourage qui était contrarié, cela aurait été un peu secondaire. Mais combien de fois avait-on évité de justesse un raté diplomatique lourd de conséquence. C'est que le président, avec le temps et l'apparente indifférence de son entourage, s'était finalement convaincu que ses intuitions n'étaient pas si mauvaises que cela. Bon et puis progressivement, c'est devenu invivable. Il fallait faire absolument attention à tout. Il était comme un enfant. Le problème était que malgré tout, il était quand même toujours le président élu de la République Française

Chapitre 7 : Le péril aux frontières

La scène qui m'a été rapportée et dont je vous fais ici le récit s'est déroulée au début de la maladie du président. Cela a commencé par l'irruption dans le bureau du premier ministre du ministre des affaires étrangères accompagné du ministre des armées.

— Monsieur le Premier Ministre, nous avons un problème.
— Ah oui ? Moi mon premier problème est qu'est-ce que vous foutez là. Nous n'avions pas rendez-vous que je sache.

L'attaque était franche. Elle déstabilisa un peu le ministre des armées, qui préféra regarder ses chaussures, de très belles Weston qu'il avait récemment achetées… enfin, là n'était pas le problème. L'agression verbale du premier ministre par contre ne décontenança pas le ministre des affaires étrangères, qui avait plus d'expérience.

— Que je sache non plus, mais il y a urgence. Je vous suggère d'oublier le protocole et de me prêter l'oreille.
— Soit, j'y consens.

Le premier ministre était assez à cheval sur l'étiquette et croyait important qu'on le traitât avec le respect qui convenait à son statut. Toutefois, il voyait bien que les deux ministres avaient quelque chose sur le feu.

— Voilà, les américains viennent de nous informer qu'une colonne de djihadistes se dirigeait vers Tombouctou. Ils l'ont repérée avec leurs satellites.
— Tombouctou ?
— Oui, ils ont dit Tombouctou.
— Pourquoi iraient-ils à Tombouctou ?
— Ben je ne sais pas.. . Peut-être est-ce proche de chez eux… En tous cas les américains nous disent que cela risque d'enflammer tout le pays et que la capitale ne tiendra pas si la principale ville du pays tombe entre les mains des rebelles.
— Et bien pourquoi les américains ne font-ils rien ?
— Euh… je ne sais pas non plus… Peut-être parce qu'ils se disent que l'Afrique c'est chez nous et que c'est à nous de faire le ménage.
— Bon. Ils charrient un peu. Quand ça les arrange, c'est chez nous et quand ils veulent que cela marche comme ils l'entendent, c'est chez eux ! Monsieur le ministre des Armées, qu'en pensez-vous ?
— J'en pense que nous sommes prêts. Les troupes peuvent à tout moment se projeter au-devant de cette colonne et les renvoyer d'où ils viennent.
— Et d'où viennent-ils?
— Pas vraiment la moindre idée. Il faudrait que l'on demande…
— Pourrait-on envisager simplement de les anéantir ? Cela éviterait d'avoir à les raccompagner…
— On peut aussi. Nos hommes font ce qu'on leur dit.
— Parfait. Enfin, il faut en parler au président.
— Au président ?
— Ben oui. C'est quand même lui les affaires étrangères non ? Domaine réservé il a dit.

— Bien sûr Monsieur le premier ministre, mais il nous avait semblé qu'il était… fatigué en ce moment
— Oui, eh bien fatigué ou pas, la politique étrangère c'est lui, chacun son boulot. Donc on y va.
— Mais il ne nous attend pas… Nous n'avons pas rendez-vous !
— Chez moi non plus vous n'aviez pas rendez-vous je vous rappelle. Cela ne vous a pas empêché de venir me semble-t-il.
— Gagné ! Alors, on y va.

Une heure plus tard, ils avaient audience avec le président. Celui-ci n'était d'ailleurs pas content parce que cette réunion impromptue l'obligeait à écourter un rendez-vous qu'il avait organisé de longue date avec des journalistes.

— Bon, allons-y vite si vous le voulez bien. J'ai beaucoup à faire. Monsieur le premier ministre je vous écoute.
— Voilà monsieur le président. Nous avons un petit problème au Mali.
— Au Mali ? Vous voulez dire en Afrique ?
— Oui Monsieur le Président. Je ne connais que ce Mali-là.
— Ah bon… si vous le dites. Et alors, que se passe-t-il au Mali ? C'est joli là-bas il parait.
— Joli, je ne sais pas monsieur le président, mais ce que je sais c'est qu'une colonne d'une cinquantaine de 4X4 remplis de combattants armés jusqu'aux dents fonce vers Tombouctou. Si nous n'agissons pas d'ici deux ou trois heures, la ville tombera dans leurs mains

et après elle la capitale. Sans action de notre part, on ne peut répondre de rien.
— Problème ?
— Problème ?...Eh bien… Monsieur le Président, problème oui. Au-delà du Mali c'est toute l'Afrique du nord qui risque d'être fragilisée.
— Toute l'Afrique du nord ?
— Oh oui, toute.
— Mon Dieu, y compris Agadir ?
— Ah oui, sûrement… mais pourquoi Agadir ?
— Oh non ce n'est rien. Ma compagne voulait qu'on y passe une semaine cet été.
— Oui effectivement, c'est bien dommage. Mais ce n'est pas le problème le plus important. Que Tombouctou tombe et tout le nord de l'Afrique sombrera. Et la contagion gagnera Marseille, le sud, Paris bientôt !
— C'est bien embêtant.
— Très très embêtant.
— Que peut-on faire ?
— Les arrêter.
— Ah oui, bien sûr, arrêtez-les.
— …
— Si si arrêtez-les.
— Mais monsieur le président, il s'agit d'engager les forces françaises. Seul vous pouvez donner cet ordre.
— Moi ?
— Oui, vous êtes le président. Le domaine des affaires étrangères est le vôtre. De surcroît, vous êtes le chef des armées. Donc, c'est à vous de prendre la décision, pas à nous.
— C'est embêtant. Je ne sais pas quoi vous dire.
— Il le faut pourtant. La décision vous appartient.

— Bon, et vous monsieur le ministre des armées, que feriez-vous à ma place ?
— Je pense qu'on devrait les anéantir. Comme cela, cela éviterait de les raccompagner. C'est d'ailleurs ce que nous disait le premier ministre tout à l'heure.
— Les raccompagner ? Mais qui ?
— Les gens des 4x4. On les bousille et on les abandonne sur place. Les chacals s'en chargeront. Sinon, il faudrait les ramener chez eux et franchement cela ne vaut pas le coup.
— Effectivement. Et vous monsieur le ministre des affaires étrangères ?
— A votre place… en tous cas, je me déciderai.
— Et si je ne parviens pas à me décider ? Cela peut se produire n'est-ce pas que l'on ne sache pas quoi décider non ?
— Si vous ne décidez pas d'intervenir, Tombouctou tombera.
— Et Agadir ?
— Et Agadir aussi!
— C'est très embêtant… Vous savez, se décider comme cela, brutalement, je n'ai pas l'habitude. J'hésite. Vous êtes sûr que vous ne voulez pas décider ?
— Sûr sûr monsieur le président. C'est à vous.
— Et vous, monsieur le ministre des armées. C'est quand même un peu votre rôle de faire donner la troupe.
— Ah oui, bien sûr monsieur le président. J'exécute. J'applique, je peaufine. Mais la décision, non, vraiment c'est vous.
— Ah c'est embêtant… Je ne sais pas quoi vous dire… Mais à vous deux peut-être, vous pouvez décider ?

Le premier ministre et le ministre des armées tournèrent la tête de droite à gauche, dans un ensemble parfait. Le président devait se décider.

— Avez-vous de l'argent sur vous ?
— De l'argent ?
— Oui, de l'argent, de la monnaie.
— Voulez-vous que nous envoyions quelqu'un acheter quelque chose ?
— Non pourquoi ?
— Je ne sais pas, je pensais que…
— Non, monsieur le premier ministre, c'est simplement que moi voyez-vous, je n'ai jamais d'argent sur moi. Je n'ai pas besoin. Tout est payé n'est-ce pas. Je n'ai pas un copeck.
— Et?...
— Eh bien avez-vous une pièce ?
— Euh, attendez, je vais voir… C'est que moi non plus je ne paye pas grand-chose… Ah voilà. Un euro. Cela suffira un euro ?
— C'est parfait. Pile ou face ?
— Je ne vous suis pas Monsieur le Président…
— Je ne vous demande pas de me suivre. Je vous demande pile ou face ? Il faut bien choisir non ? Alors pile ou face ?
— Mais monsieur le président on ne peut pas jouer l'engagement de nos forces à pile ou face ! Ce serait stupide. Et puis si cela se savait, vous vous rendez compte !
— Ne me cassez pas les pieds monsieur le premier ministre, puisque je vous dis que je ne sais pas quoi décider, on tire à pile ou face. Si vous saviez le nombre de fois où de très importantes décisions ont été prises

par les plus grands dirigeants avec des méthodes comparables ! Quand ce n'était pas pile ou face, c'était les voyantes. Au fond tout pareil. Bon, on y va. Alors, vous choisissez pile ou face ?
— Mon dieu… je ne sais pas. J'hésite.
— A non ! Moi j'ai le droit d'hésiter pour l'intervention, mais pas vous pour pile ou face !
— Bon, alors pile peut être…
— Vous voulez dire pile on y va ou pile on n'y va pas ?
— J'hésite.
— Ah vous voyez, ça vous reprend ! Bon, monsieur le ministre des armées, pile on y va ou pile on n'y va pas ?

Durant toute sa carrière, le ministre des armées avait su faire preuve d'une grande maturité. Il en apporta encore cette fois-ci l'exemple vibrant. Il n'était pas homme à se défiler devant ses responsabilités. Ah non, pas lui !

— Euh, si c'est pile, on y va !

Le président lance la pièce en l'air. Elle retombe côté pile en l'air.

— Ouais, c'est pile. Qu'est-ce qu'on a dit déjà ? Pile on y va ou pile c'est le contraire ?
— On a dit pile on y va monsieur le président.

A présent, le président allait pouvoir prendre sa décision, en pleine connaissance de cause.

— Bon alors on y va. Appelez-moi le chef d'état-major.

Je sais bien, il y a un côté choquant à voir comme cela le président prendre une décision de cette importance avec une pièce de monnaie, mais au fond, puisqu'il fallait bien se décider après tout !

Nos troupes firent merveille à Tombouctou. Le président se déclara très fier d'avoir su prendre en temps opportun la décision d'intervenir. Cela restera une des gloires de son début de quinquennat. Dans les couloirs du palais, il ne cessait de fanfaronner.

-- Quand je pense qu'ils ont osé m'appeler Flamby ! Non mais et puis quoi encore !

Chapitre 8 : L'aggravation du mal et la contagion générale

C'est à cette époque-là qu'intervint un évènement très problématique. Il se trouve que sa majesté la reine d'Angleterre avait souhaité fêter dignement ses 90 ans. Le premier ministre britannique, un odieux adhérent du Labour, avait bien tenté de l'en dissuader, arguant des dépenses énormes qui ne manqueraient pas d'être engagées. Il avait sournoisement ajouté qu'après tout, cela n'empêcherait nullement d'avoir à bientôt faire face « sauf votre respect Majesté » aux dépenses liées au couronnement de son successeur le Prince Charles « Le jour funeste venu où…. ». La reine avait modérément apprécié la prophétie et n'avait pas voulu en démordre. Quant à l'idée suggérée alors par le premier ministre de « peut-être faire appel, pour partie bien sûr, à la cassette personnelle des Windsor… » la reine l'avait trouvée profondément inappropriée, voir même « unfair». D'ailleurs, rien qu'à entendre cette odieuse suggestion, les chiens de sa majesté s'étaient réfugiés sous les jupes de leur maitresse.

— Allons ! Allons mes chéris. Willow, Holly ! Ce n'est vraiment rien. Vous voyez bien que monsieur le premier ministre plaisantait… Enfin j'espère… dit-elle en dirigeant vers l'intéressé un regard lourd de menaces.
— Sans aucun doute Majesté. Il ne saurait effectivement en être question. Non, c'est une excellente idée cet anniversaire. Ce sera très amusant.

Le problème se trouvant ainsi définitivement réglé, les invitations furent donc lancées auprès des chancelleries étrangères et en direction de toutes les instances qui comptaient dans le royaume, notamment les présidentes des multiples ligues et associations pour la défense des animaux. Tout ceci pour expliquer que si l'ambassade de France à Londres s'était réjouie de recevoir le carton destiné à la présidence de la république, la réaction fut tout à fait différente à Matignon. Très peu de gens étaient informés des .... comment dire ... difficultés du président, mais ceux qui savaient ne voyaient pas du tout comment on pourrait envoyer le président à Londres sans que cela crée assez rapidement un gros incident diplomatique. Il était capable de tout, le président, à ce stade de la maladie. Le premier ministre convoqua le ministre des affaires étrangères. Comme en général celui-ci était une vraie concierge, il lui demanda:

— Où est le président ?
— Avec des journalistes monsieur le premier ministre.
— Ah, cela va nous laisser un peu de temps. Il fallait que je vous parle, Paul
— Oui monsieur le premier ministre. Avons-nous un souci?
— Je le crains Paul. Mon chef de cabinet m'informe que votre ministère aurait reçu une invitation pour l'anniversaire de la reine d'Angleterre.
— Oui, c'est exact. 90 ans ! Vous vous rendez compte ! Quelle santé. C'est magnifique !
— Mais ce n'est pas de cela dont je vous parle, imbécile.

Avec les problèmes de santé du président, le premier ministre était devenu un peu nerveux et pouvait se laisser aller parfois à des excès de langage regrettables.

— Ah non monsieur le premier ministre ?
— Enfin Paul, cette invitation, ce n'est pas magnifique. C'est une catastrophe sans fin ! Vous êtes ministre des affaires étrangères ! Réfléchissez !
— Bien sûr monsieur le premier ministre … Il va falloir faire un cadeau…

Le premier ministre leva un regard perplexe vers son ministre. Jusqu'alors, il ne s'était pas rendu compte que le virus avait fini par toucher aussi le ministère des affaires étrangères. Décidément, il ne pouvait plus dorénavant compter sur grand monde.

— Bon écoutez Paul, je vois que vous êtes un peu fatigué. Demandez donc à votre chef de cabinet de me contacter rapidement et vous, allez vite vous reposer.

Le soir même, le premier ministre s'entretenait avec le chef de cabinet du ministre des affaires étrangères.

— Je vous ai fait venir au sujet de l'invitation de la reine.
— Oui, c'est exact. 90 ans ! Vous vous rendez compte !
— Ah non ! Par pitié ! Pas vous aussi quand même !
— Quoi donc monsieur le premier ministre? … Je disais vous vous rendez compte de la catastrophe que cela peut entrainer.
— Ah, j'aime mieux ça.

— Quoi donc monsieur le premier ministre?
— Non, je voulais dire : j'aime mieux ça, parce qu'un moment j'ai cru que vous aussi vous étiez malade
— Ah, vous avez remarqué ?
— Remarqué que vous étiez malade ?
— Non monsieur le premier ministre, pas moi.
— Vous voulez dire que vous n'avez pas remarqué ?
— J'ai du mal à suivre monsieur le premier ministre …
— Mais moi aussi, j'ai beaucoup de mal. Je ne sais pas ce qu'il se passe mais personne ne se comprend plus ici. C'est la chienlit ! Bon reprenons. Donc la reine d'Angleterre invite le président pour son anniversaire.
— Non monsieur le premier ministre pas pour son anniversaire, pour le sien.
— Le sien ?
— Enfin celui de la reine je veux dire.
— Ben oui, c'est ce que je disais. Ne m'interrompez pas en permanence vous voulez bien. Donc, il va falloir inventer quelque chose pour se soustraire à cette invitation.
— C'est certain. J'ai déjà un peu réfléchi. On pourrait peut-être se contenter de bien briefer le président et d'être constamment à ses côtés pour prévenir une éventuelle maladresse…
— Mais ça ne marchera jamais. Il est capable de tout. Il peut s'agenouiller devant la reine, il peut jouer aux billes dans les couloirs de Buckingham, il peut… Je ne sais pas, tout est possible.
— Je sais bien monsieur le premier ministre. Quand je pense qu'il a fait l'ENA !…. Mais en même temps, si le président n'y va pas, nous avons un incident diplomatique sur les bras.
— ….

— ….
— J'ai peut-être une idée…
— Ce serait tout à fait le moment monsieur le premier ministre, parce que là, je ne vois pas.
— Imaginez. Imaginez qu'on l'envoie à Londres et que là-bas, il tombe malade.
— Gravement ?
— Pas forcément. Une énorme grippe ou une indigestion. Oui, une indigestion, ce serait parfait. Il serait obligé de rester au lit. Tout le monde serait vraiment désolé pour lui, et hop, le tour serait joué.
— Ça pourrait bien marcher…

La conversation se poursuivit entre les deux hommes, afin de mettre au point les modalités précises de l'indigestion du président. Il fut convenu que le ministère des affaires étrangères accepterait avec empressement l'invitation de la reine et que le premier ministre allait sur le champ voir avec le médecin personnel du président la manière la plus simple et la plus sûre de provoquer une indigestion chez le président le moment venu.

— Ah docteur, merci d'être passé me voir. Où est le président en ce moment ?
— Il est avec des journalistes
— Ah, parfait. Nous allons être tranquilles. Voilà de quoi il s'agit.

Le premier ministre expliqua au médecin le projet qu'il caressait. Il fut d'autant mieux compris que le médecin était parfaitement informé des dégâts occasionnés par le virus sur le cerveau du président. Il avait même eu plusieurs fois l'occasion de s'en ouvrir auprès du chef de cabinet du premier ministre. Donc il adhéra immédiatement au projet.

— Excellent idée, monsieur le premier ministre. Nous pourrons lui administrer le … traitement dans l'avion de sorte que pratiquement dès son arrivée il soit obligé de s'aliter. Je vais m'occuper de trouver le produit adapté.

C'est ainsi que quinze jours plus tard, le président s'envolait pour Londres à bord de l'avion présidentiel. Il était particulièrement content de la perspective de cette petite escapade. Il faut dire qu'il avait toujours aimé la reine et, depuis l'attaque du virus, il lui vouait une affection grandissante et amusée. Notamment à cause de ses chapeaux. Il les trouvait de plus en plus rigolos et s'en était d'ailleurs récemment ouvert au ministre des affaires étrangères :

— Mais dites-moi monsieur le ministre des affaires étrangères, elle a un goût de chiotte non, la reine ?
— Disons monsieur le président qu'elle est anglaise. Ceci explique peut-être cela. Par contre, je me permets de vous engager à une certaine réserve. N'est-ce pas, demain nous voyons pas mal d'ambassadeurs dans la salle des fêtes du palais et il serait…inapproprié d'employer un tel langage devant cet aréopage.
— Mais bien entendu, je plaisantais. Je sais me tenir quand même !

Le ministre des affaires étrangères, déjà un peu atteint lui-même par le virus, n'avait pu réprimer un sourire qui n'échappa pas au président.

— Ai-je dit quelque chose de drôle ?
— Non, bien sûr que non monsieur le président…. Je pensais simplement aux chapeaux de la reine. Et puis, vous allez rire… non, mais c'est stupide…
— Quoi ?
— … Je vous imaginais vous avec un chapeau comme elle les affectionne tant.

Il hoquetait de rire tout en craignant un peu la réaction du président. Bien à tort. Le président avait adoré l'image. Lui avec un chapeau style Windsor… non mais alors, c'était marrant quand même !

Pour en revenir à l'anniversaire organisé par la reine, la machination mise au point par le médecin était vraiment machiavélique. Il avait administré un premier médicament avant le décollage pour indisposer légèrement le président. Le médicament avait déjà eu un effet non négligeable de telle sorte que le président avait réclamé, peu après le décollage vers Londres, une médecine susceptible de calmer les douleurs croissantes qu'il ressentait dans l'abdomen. Tout semblait se dérouler conformément au plan. Sauf que…

— Non. C'est non.
— Mais Monsieur le Président, vous voyez bien que vous n'êtes pas très bien. Et ce n'est pas le mal de l'air ! Vous ne pouvez pas vous présenter devant la reine avec

des douleurs de ventre. Laissez-moi vous administrer le traitement qui vous remettra d'aplomb.
— Non non et non. Tant pis pour les douleurs, je ne prendrai pas ce médicament. Pas de suppositoire.

Oui, il faut dire que ce n'était sans doute pas une excellente idée d'avoir prévu l'administration du médicament sous cette forme de suppositoire. Le virus portait le président à des comportements un peu puérils et on n'avait jamais vu un enfant accepter de gaîté de cœur de se voir administrer un suppositoire. Alors quand il se trouve que cet enfant est aussi président de la république… En même temps, il allait bien falloir trouver une solution. Avec le premier médicament, le président allait souffrir de plus en plus, certes, mais serait quand même en état de se présenter devant la reine. Et on n'allait quand même pas lui mettre un suppositoire de force. Tandis que le médecin réfléchissait, l'avion approchait dangereusement de sa destination. Le médecin décida d'aller chercher des instructions auprès du premier ministre qu'il pouvait contacter par radio.

— Comment cela il ne veut pas prendre son suppositoire !
— Rien à faire monsieur le premier ministre. J'ai tout essayé. Même le coup de la petite fusée !
— Il faut trouver quelque chose. Sinon, nous courrons à la catastrophe. Je ne sais pas, donnez-lui des bonbons, promettez-lui un jouet… Que se passe-t-il s'il ne prend pas le second médicament ?

— On ne peut pas dire, monsieur le premier ministre. Cela dépend un peu des individus. Sans compter que le virus a pu modifier les réactions. On est dans le flou…
— Oh oui, dans le flou…

Un quart d'heure plus tard, l'avion atterrissait à Heathrow sans qu'aucune solution satisfaisante n'ait été trouvée. Il ne restait plus qu'à s'en remettre au destin, ce qui est rarement une très bonne solution. Nous abordons à présent une phase particulièrement pénible de nos relations avec le royaume britannique. La reine est là-bas une institution intouchable. Elle est protégée, plus encore que par des gardes, par une étiquette empesée. Un véritable corset. Imaginez une ceinture de chasteté que l'on aurait placée au mauvais endroit. Lorsque notre président fut introduit auprès de la reine pour un entretien privé avant les cérémonies officielles, son entourage avait fait le maximum pour qu'il soit accompagné. Malheureusement, la rigueur du protocole avait empêché qu'il en soit ainsi. C'est donc seul que le président se présenta devant la reine. Pour être franc, personne ne put porter témoignage de ce qu'il s'était passé dans le petit boudoir rose de Buckingham où la reine aimait à recevoir, entourée de ses deux merveilleux chiens Holly et Willow. Ce que l'on sait par contre, ce que des témoins auditifs ont rapporté, c'est qu'un bruit infernal était rapidement sorti du boudoir. Un bruit où se mêlaient les aboiements des chiens, les explosions de rire de la reine et les miaulements d'un chat mâle, élément extrêmement troublant car il n'y avait pas le moindre chat dans le boudoir de la reine. Puis la porte s'était ouverte et étaient sortis du boudoir la reine, absolument hilare, suivie par le président qui, le visage illuminé d'un sourire béat, s'était écrié :

— La teuff qu'on s'est faite !

Suivaient les deux chiens, complétement traumatisés semble-t-il. Pas trace du moindre chat…

Plus tard, le président avait fait le récit de l'entretien en expliquant qu'il avait joué avec la reine, qui en fait ne demandait que cela depuis des dizaines d'années qu'elle avait été investie dans sa haute fonction. Il était alors apparu à la délégation française que peut être la reine avait été elle aussi contaminée par le virus. Comme les membres de la délégation s'étaient bien sûr abstenus de faire état de leur suspicion, cet incident laissa l'entourage de la reine extrêmement perplexe. Il faut dire que les services de renseignement britanniques n'étaient pas aussi performants que les nôtres. Du coup, personne au sein du gouvernement britannique n'avait la moindre connaissance du virus et de ses effets ravageurs. C'est finalement grâce au comportement atypique de la reine que cette affaire ne donna pas lieu à un incident diplomatique. Comment en effet les services britanniques auraient-ils pu dénoncer le comportement puéril de notre président sans évoquer la réaction de la reine elle-même ? La reine d'Angleterre, vous pensez !
Bon enfin en même temps, elle n'avait même pas fait l'ENA !

Ces évènements peuvent porter certains à sourire. Ils auraient tort. Ce que voyaient les témoins et ce qui vous est raconté ici, ce sont des faits. Le président fait çi, le président fait ça. Et il faut bien reconnaître que, n'était la terrible issue de cette aventure et le fait que la maladie touchait le chef d'un état de 60 millions de personnes, les actes en eux-mêmes prêtaient à s'esclaffer. Mais derrière tout cela, il ne faut pas l'oublier, il y avait un homme. Vous voyez le président, vous voyez l'ancien secrétaire général. Bref, vous voyez l'homme public. Mais lui, lorsqu'il se considérait, lorsqu'il se retournait sur lui-même, n'imaginez pas que tout cela le faisait rire. Pas tout le temps en tous cas. Cet homme souffrait. Non pas physiquement, mais dans sa conscience. Parce que voyez-vous, le virus à certains moments paraissait s'endormir. Pas complètement. Il restait quelque chose au fond de l'esprit, mais la conscience était là. Le président, durant ces rares moments, se rendait parfaitement compte de la dégradation de son comportement. D'ailleurs, il avait très discrètement rencontré un ami médecin. La chance voulut que lors de cet entretien, le virus ait limité ses effets. C'était presqu'un homme normal qui s'entretenait ce jour-là avec son ami :

— J'ai demandé à te voir discrètement. J'ai un problème. Un grave problème. Ce que je vais te dire doit rester impérativement entre nous. Tu ne sais rien, tu n'as rien entendu. Tu le jures ?
— Tu m'inquiètes. Tu sais bien que je suis une tombe. On s'est toujours parlé librement, même depuis que tu es devenu président. Et il en sera toujours ainsi. Que se passe-t-il Raymond ?

Oui, je sais, vous allez être déçu, mais c'est bien Raymond le prénom du président. On se fait des idées et puis…

— Voilà, cela fait quelques temps que mon comportement m'échappe. Je fais des choses qui me surprennent, mais je ne peux m'empêcher de les faire. Je sais qu'elles sont stupides, grotesques et indignes de ma fonction. Et pourtant je me regarde les faire sans broncher. Tu vois, il y a deux hommes en moi. Et le plus fort, ce n'est malheureusement pas moi.
— Tu veux dire… ? Tu n'es plus toi ?
— Oui, plus moi. Mais bien sûr c'est quand même moi !
— Ah, quand même… Cela me rassure. Mais alors qui est l'autre ?
— Oh je sais, c'est extrêmement compliqué. L'autre, c'est moi aussi, mais je ne le reconnais pas.

Le médecin ami du président se promit d'aller sur internet approfondir ses notions de schizophrénie. En attendant le président racontait à son ami quelques-uns des évènements dont il avait eu à souffrir récemment.

— Mais quand même Raymond, puisque tu te vois faire et que ton moi –enfin l'autre— désapprouve, c'est que tu gardes toute ta lucidité.
— Eh bien oui. Et c'est là qu'est le problème. Je souffre de ne rien faire pour empêcher cet autre moi de faire n'importe quoi. Si je ne me rendais compte de rien, il n'y aurait aucun problème. Aucune douleur. Mais là c'est affreux. Je suis spectateur de mon comportement invraisemblable. Et je vois la tête du premier ministre.

Si tu savais la tête qu'il tire. Et les angoisses qu'il doit éprouver ! Mais au fond, cela m'importe peu. Non, il y a une autre personne au fond de moi que je ne connais pas, qui a un comportement de fou. Je suis double, et cela me fait mal. Tu vois, il m'arrive certains soir de pleurer. Oui, je pleure. Tu passes un temps fou à essayer de te faire élire, tu y consacres tes jours tes nuits. Tu laisses tes meilleurs amis sur le bord du chemin, pire, tu les pousses dans le fossé. Tu te fais détester de la moitié de la population et l'autre t'attend comme le messie. Et toi, tu fais le clown. Pire, tu te vois faire le clown.

— Ce que tu me décris est curieux. Tu as fait des examens ?

— Ah parlons-en des examens ! J'étais en pleine crise et j'ai chahuté un peu avec les tubes de prélèvement. J'ai trouvé amusant de lui faire une petite blague, au laboratoire. C'est mon chien qui n'était pas content quand je lui ai pris son sang pour le mettre dans un des tubes. La tête qu'il tirait !

— Ah, quand même…

— Oui. C'est terrible non ?

— Oui, effectivement. Et qu'est-ce qu'ils ont dit au laboratoire après avoir analysé les prélèvements ?

— Je te le donne en mille. Ils ne sont pas tombés dans le panneau. Enfin pas complètement.

— Et alors ?

— Et alors ? Bien ils m'ont dit que j'avais mangé trop de croquettes. Qu'est-ce que j'ai pu rigoler !

— Je suis un peu perdu Raymond…. C'est quoi toute cette histoire ?

— Mais une blague crétin ! Tu ne vois pas que je te fais marcher. Je vais parfaitement bien. Oh là là, qu'est-ce que ça fait du bien de se détendre un peu. Bon, il faut que j'y aille, le conseil va commencer bientôt. Ce ne sont pas des marrants là-bas tu sais ! Ils vont encore me bassiner avec l'Ukraine. Si tu savais comme je m'en bas de l'Ukraine ! De toutes manières, je ne vois pas bien ce que je pourrais faire : il refuse de me parler Poutine. Je ne suis pas assez bien pour lui !

C'est quelques jours après le conseil que le premier ministre fut alerté par un de ses conseillers. Le médecin personnel du président était venu le voir et lui avait fait part de sa grande inquiétude. En effet, il avait demandé au président de se soumettre à quelques examens et il venait de recevoir les résultats du laboratoire d'analyse.

— Eh bien vous me croirez si vous voulez, mais à mon avis, ils ont été infectés par le virus aussi là-bas au laboratoire. Ils m'ont dit textuellement que le président mangeait trop de croquettes !

Eh bien oui, croyez-le ou pas, elle était vraie cette histoire de tube à essai !

Chapitre 9 : Le problème des femmes

La fin tragique qui allait mettre un terme brutal et anticipé au quinquennat du président tendrait à faire oublier quelques éléments majeurs de sa biographie. Au nombre de ceux-ci, ses relations avec les femmes. Celles qui l'ont bien connu vous le diront, le président était charmeur. Drôle bien sûr, tout le monde le savait, mais charmeur surtout. Attention toutefois. Pas de méprise. Un homme charmeur est un homme qui cherche, par la séduction, à obtenir quelque chose des femmes. En général, simplement coucher avec. Chez le président, adopter ce raisonnement serait beaucoup trop simpliste. De toutes manières, tout serait d'une certaine façon trop simpliste avec lui. D'abord parce que pour coucher, il couchait. Pour lui, ce n'était pas une difficulté. Il y mettait un acharnement qu'il ne mettait pas dans les affaires de l'état et parvenait d'ailleurs à conclure de belles opérations dans ce domaine intime. Mais au fond, et presque en conséquence de ces succès plutôt aisés, ce qui l'intéressait le plus dans tout cela ce n'était pas ce qu'il obtenait, mais plutôt le regard que, du fait de ses efforts, les femmes portaient sur lui. En un mot, il séduisait non pas pour attraper, mais pour recevoir.

Je sais, tout cela est un peu compliqué. Voyez-vous, c'était comme si on faisait des sourires à une glace. La glace, on s'en moque bien sûr. On veut simplement qu'elle nous retourne une image flatteuse. Eh bien le président pour les femmes, c'était cela. Dans ce contact, il cherchait simplement à avoir confirmation de l'admiration qu'elles lui portaient. C'était, pour prendre un autre registre, comme ces contacts constants qu'il entretenait avec les journalistes. Forcément ceux-ci passaient leur temps à le flatter afin de poursuivre ce dialogue précieux avec le président. Ils s'efforçaient donc de l'écouter en le regardant avec des yeux brillants et en glissant régulièrement dans la conversation quelques flatteries bien senties. Il n'y avait rien de tel pour mettre en joie le président. Au fond, à défaut de mener de grandes actions dans la conduite du monde, il se contentait d'en récolter les fruits virtuels et inutiles dans le regard de ses interlocuteurs. Il avait la grandeur tragique de l'inconsistance.

Bien entendu, le summum était atteint lorsque le journaliste en question était une femme. Il pouvait alors jouir de l'admiration superposée d'un journaliste et d'une femme. L'extase. Accessoirement, cela n'empêchait pas de coucher avec, déclenchant ainsi d'autres délices. Qu'un président s'intéressât aux femmes, ce n'était pas une surprise. Tous depuis Félix Faure, et même avant, avaient souffert de ce petit défaut. Qu'il s'intéressât aux femmes journalistes, là aussi on avait l'habitude. Tous les présidents de la cinquième république ont eu des liaisons avec des femmes journalistes. Sauf De Gaulle bien sûr ! Et Pompidou probablement. Ne me dites pas que c'est un hasard si après ces deux-là, ils l'ont tous fait. Giscard, Chirac, Mitterrand, Sarkozy. Tous. Mais il n'y en a qu'un qui soit allé au bout de la démarche. Il a installé la sienne à l'Elysée et l'a emmenée en voyage officiel. Cette sucrerie qu'il offrait à sa conquête était d'ailleurs tout à fait appréciée.

Lorsque la maladie du président a commencé à prendre des proportions inquiétantes, le rythme de ses conquêtes s'est accru sensiblement. L'histoire n'en a retenu qu'une petite poignée mais d'après de nombreux témoignages, le président avait dans ce domaine développé une activité frénétique. Peut-être une retombée secondaire du virus ? Toutes les barrières tombaient. Il embrassait telle conquête sur la bouche face caméra, il se ridiculisait en apportant à telle autre des croissants de bon matin, il se faisait prendre en photo à scooter en train de la rejoindre. Il ne se rendait plus compte du ridicule. Cela devenait terriblement préoccupant. La presse, après une période de réserve initiale, s'était faite très largement écho de ces frasques avec une précipitation, dès la barrière renversée, justifiée par le souci de communiquer en premier. Un jour, le nouveau secrétaire général du parti, celui qui l'avait remplacé à ce poste, s'en était ouvert au président.

— L'opinion s'étonne, président.
— Elle s'étonne de quoi ?
— Eh bien de ces photos que l'on voit dans la presse, tu es président de la république quand même, ce n'est pas rien.
— Merci, j'avais remarqué. Et alors, ces photos, elles ne sont pas bonnes ?
— Ah très très bonnes, mais totalement inconvenantes.
— Oh, si on ne peut plus s'amuser. C'est marrant quoi. Tu as vu celle avec le scooter, je ne suis pas mal non ?
— Pardonne-moi, mais tu as l'air niais. C'est du ridicule le plus profond. Le ministre des affaires étrangères, qui d'ailleurs se comporte lui aussi assez

bizarrement ces temps-ci, s'en est d'ailleurs ouvert à moi il y a quelques semaines. A l'étranger, les chancelleries s'étonnent.

— T'es jaloux, voilà. Cette fille m'a dans la peau. En plus, elle veut bien m'accompagner en Chine. J'en avais marre à la fin dans les dîners officiels d'être le célibataire de service. Si tu savais les efforts que font les responsables de protocole à l'étranger pour se renseigner sur mes mœurs. Ils voudraient bien savoir, pour pouvoir satisfaire mes goûts. Est-ce que je ne serais pas homo des fois ? Ou attiré par les petites filles… Alors là, en Chine, pour une fois ce sera clair.

— Mais tu ne vas quand même pas emmener ta maîtresse en Chine !

— Et pourquoi non ? Et puis ce n'est pas ma maîtresse. Je ne suis pas marié. C'est ma compagne. Et elle le restera, parce que le mariage, ce n'est pas pour moi. Je suis un pinson, un coucou. Je vole à droite, à gauche. M'engager pour la vie, pas question. D'ailleurs ma position est tout à fait conforme à la constitution.

— La constitution ? Qu'est-ce qu'elle vient faire là-dedans ?

— Mais réfléchis. Pour la présidence, on ne peut se faire élire que pour 5 ans. Article je ne sais plus combien de la constitution. Au-delà des cinq ans, on doit repasser devant les électeurs. Sinon, cela devient … Allez, dis-le, cela devient…

— Euh…

— Une dictature monsieur le secrétaire général. Simplement une dictature ! Pour les femmes, c'est pareil si on reste trop longtemps avec elles. On ne peut pas avoir de bonnes relations avec les femmes dans le cadre d'une dictature. Voilà le rapport.

— Si tu veux. Mais en fait, tout le monde sait bien que si tu ne t'es jamais marié, c'est parce que tu veux pouvoir changer d'avis. Comme tu le dis toujours, « ne pas insulter l'avenir ». Les gens ne comprennent même pas comment tu as pu accepter de faire des enfants. Parce qu'eux, tu les as à vie.
— Ouais, mais ils sont moins collants que les femmes. Leur principal souci, à un certain âge, c'est de fiche le camp. Alors que le principal souci des femmes à un certain âge, c'est de s'accrocher. Ça ne fait pas pareil.

Comme on le voit, le virus n'avait pas encore atteint toutes les facultés du président. Sa capacité d'analyse, surtout dans le domaine subsidiaire de la vie privée, était presqu'intacte. Il n'empêche que ses proches, ceux qui n'étaient pas toute la journée à l'Elysée et qui donc n'étaient pas contaminés s'inquiétaient terriblement. En plus, le président semblait à présent manifester l'intention de demander le renouvellement de son mandat.

— Oui, tu sais finalement, on s'amuse pas mal ici. Et puis rien qu'à voir la tête du premier ministre, c'est déjà un grand bonheur.
— Mais les sondages… Tu as vu ta cote ? Tu as lu les journaux ? Tu vas te faire laminer, tu vas engloutir l'ensemble du parti dans ton naufrage ! Et puis tu vois bien, tu es très… fatigué en ce moment. Ce voyage en Angleterre pour l'anniversaire de la reine t'a beaucoup marqué.
— Il a surtout marqué le premier ministre ! Tu aurais vu la gueule qu'il tirait à mon retour ! Bon et puis si je ne me représente pas, c'est un autre qui prendra ma

place. Non mais tu les vois tous ces petits connards qui me guettent en espérant que je me casse la figure. Tu ne voudrais pas que je leur cède le fauteuil quand même ! Pas question. On s'éclate trop ici. On ne t'a pas raconté le dernier conseil des ministres, la rigolade ?

— Mais la France ! Le parti ! L'honneur tout simplement !

— Rien à foutre. Bon je te laisse, il faut que je voie les journalistes du Monde. Et puis après, j'ai un Monopoly avec le ministre de l'éducation nationale. Il m'a ruiné la dernière fois. Je veux ma revanche !

Chapitre 10 : Les expéditions présidentielles

Quelques jours plus tard, il avait décidé d'aller visiter le bunker de commandement situé sous l'Elysée. On lui en avait dit le plus grand bien. Parfaitement organisé, des réserves de nourriture pour une éternité, un isolement absolu. Le président voulait absolument se rendre compte par lui-même. Cela devait être amusant pensait-il, avec sans doute plein de boutons et de petites lumières clignotantes. Il s'était donc ce jour-là aventuré dans les caves, d'escaliers en escaliers, de couloirs sans fin en couloirs sans fin. Il avait traversé d'immenses salles péristyles dans le plus pur goût égyptien. Les lieux avaient en effet été redécorés lors d'un précédent septennat par un président qui affectionnait particulièrement la culture antique de ce pays. Mais tout cela ressemblait plutôt à un labyrinthe. C'est ainsi que notre héros avait malheureusement fini par ressortir par une porte dérobée dans les jardins du palais où une escouade de la sécurité lui était sauté dessus, pensant à un malfaisant. Quelques instants après avoir été immobilisé par les gardes, il avait entendu son téléphone sonner. Un officier l'avait empêché de justesse de décrocher en lui arrachant des mains. Finalement, à force de sonner dans le vide, le téléphone avait reçu un SMS qui, émis par un autre service de sécurité, informait le président d'une attaque possible en provenance des jardins. Un individu venait d'être maitrisé de justesse. En fin de compte, on avait reconnu le président et on l'avait relâché après d'interminables excuses. Un officier avait tapoté sa veste de costume pour en faire disparaitre les marques de poussière dont l'origine tenait sans doute autant aux déambulations souterraines du président qu'à la relative fermeté avec laquelle avait été conduite l'interpellation. On voyait bien que par ce geste l'officier cherchait également à faire disparaitre d'autres traces. Celles laissées sur la fonction présidentielle elle-même par la douloureuse méprise dont avait été victime le chef de l'Etat. Comme toujours, le président avait su faire preuve de bonhommie dans cette aventure. Le lieutenant commandant le service de sécurité des jardins avait même été décoré à la demande expresse du chef de l'Etat. Il s'en était expliqué au conseil des ministres qui se tenait quelques jours après l'incident :

— C'est vrai quoi ! Il a fait preuve d'initiative et montré une efficacité dont je porte encore aujourd'hui les traces, sous ma chemise. J'ajouterais une efficacité dont je ne vois pas toujours d'équivalant ici, messieurs, au conseil des ministres.

Plusieurs assistants avaient plongé alors la tête dans leurs dossiers, attitude qui visait à se donner une contenance et à éviter de croiser le regard du président. On demeurait ainsi dans l'incertitude de savoir si on était soi-même personnellement visé par l'attaque.

— Et puis on est constamment en train de me demander de me prêter à des exercices stupides destinés à tester la sécurité. Courir dans les couloirs en feignant d'avoir peur, me mettre à quatre pattes sous mon bureau dans l'éventualité d'un tremblement de terre. Un tremblement de terre, ici, à Paris 8ème ! Messieurs, je vous le dis tout net, pour une fois que l'on a la preuve du bon fonctionnement du service de protection des personnalités, il me semble que l'on doive s'en réjouir. Vous devriez en prendre de la graine.

A l'énoncé du mot graine, le ministre de l'agriculture était sorti de sa torpeur. Diable, s'était-il dit, on parle agriculture. Je ne comprends rien, ce n'était pas à l'ordre du jour. Et zut, je n'ai pas entendu le début… Heureusement, certains ministres, ceux qui n'avaient pas déjà le nez dans leurs dossiers, s'étaient sentis concernés par le propos et regardaient piteusement encore plus bas : leurs chaussures. C'est à ce moment-là que le ministre des affaires étrangères, dans une manœuvre sournoise, avait feint de faire tomber son crayon et s'était engouffré sous la table du conseil, où il était demeuré à l'abri durant plusieurs minutes. Cette diversion avait permis au ministre de l'agriculture de reprendre ses esprits. Il s'apprêtait à faire un exposé succinct et improvisé sur le problème des graines transgéniques. Il ne connaissait pas très bien le sujet, mais au fond personne ne s'en était vraiment aperçu vraiment, stupéfaits qu'étaient tous les ministres de voir leur collègue intervenir ainsi complètement hors de propos au beau milieu de la diatribe présidentielle.

— Qu'est-ce que c'est que cette histoire, Monsieur le ministre de l'agriculture, de la pêche et des traditions. Que vient faire votre intervention là-dedans ? Je ne vous parle pas de vos missions. La sécurité des jardins de l'Elysée n'est pas de votre ressort, en dépit de la surface des pelouses que je sache ! L'herbe, le gazon, ce n'est pas vous quand même !

— Non monsieur le président. Je ne pense pas. D'ailleurs, elles ne sont pas si grandes que cela, les pelouses…
— Comment pas grandes ! Mais je ne vous permets pas monsieur le ministre de l'agriculture et je ne sais plus quoi ! De quel droit vous permettez-vous de critiquer mes pelouses ! Est-ce que je vais dans votre ministère, moi, pour vous expliquer que vos plafonds sont trop bas ou vos couloirs pas assez larges ? Non. Alors ne critiquez pas mon palais je vous prie. Et puis j'en ai assez à la fin ! Je disais avant qu'on m'interrompe que l'efficacité des services de sécurité avait été démontrée, et pas toujours celle de ce conseil. … Monsieur le ministre des affaires étrangères, voulez-vous me dire ce que vous foutez sous la table depuis dix minutes ?

Du dessous de la table était sortie une réponse que personne n'avait comprise. Puis le ministre avait émergé et s'était réinstallé sur son fauteuil en grommelant des paroles plus ou moins cohérentes concernant son crayon. Vous aurez bien noté au passage que le titre du ministre de ce qu'on appelait auparavant l'agriculture s'était enrichi. La pêche, cela faisait bien longtemps et sous d'autres présidences. Mais le chef de l'Etat avait tenu à ajouter aussi les traditions, trouvant une cohérence certaine entre tout cela. Le président avait terminé son intervention par une critique marquée de l'activité gouvernementale. Cette fois-ci, il était clair que le premier ministre était visé.

— Je me demande parfois si ce gouvernement est bien dirigé, si vous voyez ce que je veux dire. Parce que si on fait le point, n'est-ce pas, il y a la moitié de la France qui est dans la rue un jour sur deux.

Dans sa tête le ministre de l'éducation nationale fit le calcul rapide que cela faisait donc en permanence un quart de la population. Tous les jours. C'était effectivement beaucoup, mais en même temps le président avait toujours tendance à exagérer un peu. Toutefois, le ministre jugea préférable de s'abstenir de tout commentaire.

— Je vous demanderais, Messieurs, d'ajouter dorénavant un peu de cohérence à vos actions. Evitons les télescopages ! Passons à la population des messages concrets. Plus de « je crois savoir que », plus de « Je vais faire en sorte que… ». Des faits. Uniquement des faits. Des actions. Uniquement des actions. Au lieu d'expliquer aux media ce qu'on allait faire avant de l'avoir fait, je vous demande d'expliquer dorénavant aux média comment vous avez fait. Cela changera utilement.

Cette recommandation très nette avait depuis amené certains à prêter une attention plus nette à ce que dorénavant ils diraient au président. Jusqu'à présent, ils avaient fait comme on l'avait toujours fait avec tous les présidents sans exception. On en rajoute, on hausse le col, on confesse que l'opération était très complexe mais que malgré tout on avait pu la mener à bien. C'était l'usage. Même à l'ENA il y avait un cours là-dessus. Et cela avait valu pour tous les présidents. Sauf Clémenceau, dont on craignait les réactions. Et qui d'ailleurs n'était pas président, mais cela n'a pas grande importance. Il fallait donc à présent en dire le moins possible. Expliquer que l'on s'occupait de tout et qu'il n'y avait pas de problème.

Chapitre 11 : le conciliabule ministériel

Le conseil des ministres ce jour-là avait commencé en retard. Le premier ministre avait demandé aux huissiers pourquoi le président n'était pas encore arrivé.

— Mais où est le président à la fin ?
— Nous le cherchons monsieur le premier ministre.
— C'est incroyable, on ne le retrouve jamais ! On se demande ce qu'il se passerait si nous étions attaqués et qu'il faille déclencher le feu nucléaire !

En fait, le premier ministre disait cela pour donner le change car cela faisait plusieurs semaines qu'en accord avec les ministres restés insensibles au virus, il avait pris l'initiative de remplacer la mallette contenant les codes d'activation par une mallette identique emplie de journaux. Les codes, les vrais, il les gardait dorénavant dans son propre coffre à Matignon.

Quelques minutes plus tard, un huissier était rentré précipitamment dans la salle du conseil et, tout essoufflé, avait indiqué :

— Ça y est, on l'a retrouvé ! Le président est en train de parler avec des journalistes.

Les ministres autour de la table ne furent pas surpris outre mesure. Cela arrivait très souvent que le président parle à des journalistes. Lorsqu'enfin il pénétra dans la salle, il semblait ravi. D'ailleurs, la réunion se déroula dans une ambiance très détendue. A la fin du conseil, lorsque la séance fut levée par le président, le premier ministre s'était approché discrètement du ministre des armées et lui avait glissé à l'oreille :

— Il faut que je vous parle, Pierre. Nous avons je crois un problème. Mais surtout pas un mot à qui que ce soit. Passez à Matignon vers 22 heures voulez-vous.

A l'heure dite, le ministre des armées s'était présenté à la grille de Matignon et avait été introduit sans délai dans le bureau du premier ministre.

— Pierre, vous savez pourquoi je vous ai fait venir ?
— Je crois que j'ai une petite idée.
— Je suppose que nous avons la même.

Les deux ministres marquèrent un silence chargé de sous-entendus. Puisqu'ils étaient d'accord, la conversation aurait pu s'arrêter là. Mais cela aurait été un peu frustrant. Il valait quand même mieux s'assurer que l'idée qu'ils avaient était effectivement la même et que, ce fait établi, ils avancent un peu dans la résolution du problème.

— Alors que fait-on ?
— J'hésite…

A priori, le ministre des armées avait un peu crané et ne savait pas vraiment de quoi il convenait de parler.
— Je vous comprends. Moi aussi, j'ai longuement hésité. Même hésité à vous en parler aussi directement. C'est tout vous dire ! Reconnaissez que le sujet est délicat.

— C'est le moins que l'on puisse dire !
— Il n'y a pourtant pas trente-six solutions. On doit le faire.
— Je le crains.
— Donc comment fait-on ?

La question était directe. Elle méritait une réponse aussi nette.

— Pour moi, on agit.
— Très bien. Je suis d'accord. On y va. Enfin, on se comprend. Du doigté. Beaucoup de doigté !

Après plus d'une demi-heure de discussion intense, il n'était pas évident que les ministres parlaient vraiment de la même chose. Pour le ministre des armées tout n'était pas parfaitement clair. Il hésitait à trop s'avancer et préférait laisser au premier ministre le soin de se dévoiler un peu plus sur ses intentions et sur l'objet précis de ses préoccupations. Au bout d'une heure, il y eu un important tournant dans la conversation. C'est le premier ministre qui en prit l'initiative, permettant ainsi au ministre des armées de se faire une idée un peu plus précise, même si encore partielle du problème :

— Il ne faudrait pas qu'il souffre.
— Oh non, surtout pas. Pas de souffrance.
— Est-ce que vous pensez que vos troupes d'élite seront en mesure d'intervenir ? Qu'elles ne faibliront pas au dernier instant ? C'est quand même le président de la république !
— Eh oui… bien sûr. Le président de la république… française… ?

Le ministre des armées n'était pas très sûr. Il fallait y aller doucement quand même.

— Ben oui française. On serait chez les africains encore. On pourrait faire comme d'habitude. Comme du temps du Général. Mais là, on est en France.
— Et… c'est le président…
— Eh oui, le président. Malheureusement.
— Et alors donc les troupes… interviendraient… sur le président... de la République…
— Eh oui.
— En France…
— Hélas. Il le faut. Croyez que je ne fais pas ce choix de gaité de cœur. Mais je suis rasséréné, puisque vous-même êtes pleinement d'accord.
— Ah totalement monsieur le premier ministre. Totalement. J'attends vos ordres et on fonce.
— Oui enfin, comme je vous le disais, du doigté.
— Oh oui oui oui !
— Et vous voyez cela comment en pratique ?
— En quelque sorte, il faudrait attendre une occasion. Se tenir prêts et hop.
— Hop. Oui, très bien. Je suis tellement soulagé, si vous saviez. Il fallait absolument faire quelque chose.

Dorénavant, tout était bien clair….

Chapitre 12 : Les derniers préparatifs

Au conseil des ministres suivant, l'ambiance était lourde. Le président s'était une fois de plus fait remarquer. Plus aucun dirigeant étranger ne semblait prêt à discuter avec lui ou même à le prendre au téléphone. A croire que les Russes avaient donné le mot aux autres. Le président s'était étonné.

— Mais qu'est-ce qu'ils ont tous à ne pas vouloir me parler ? A la fin c'est exaspérant. Du coup, je ne suis plus au courant de rien ! Monsieur le ministre des affaires étrangères, faites-moi un point s'il vous plait.

Cela faisait bien longtemps que le ministre des affaires étrangères n'était plus opérationnel. Et d'ailleurs, bien peu de ministres se trouvaient en état de tenir la barre. La seule chose qu'ils faisaient, c'était de ricaner avec le président ou de l'accompagner dans ses jeux stupides de cache tampon. Le premier ministre regardait tout cela avec la plus grande consternation et échangeait des regards de biais avec le ministre des armées, l'un des rares, avec lui, à s'être montré complètement rétif aux méfaits du virus. L'intervention du ministre des affaires étrangères ne fut pas de nature à les apaiser.

— Voyez-vous monsieur, je veux dire monsieur le président, (il partit d'un immense éclat de rire) vous m'avez piqué mon stylo et mon dossier alors si vous vouliez bien…

Il ne pouvait pas terminer sa phrase tant il rigolait… Dans un ultime hoquet, il lâcha …

— ... me les rendre avant que je le dise aux journalistes.

Cela eut pour effet de déclencher l'hilarité générale, hors les rares ministres encore sains d'esprit. La perspective qu'un ministre parle du président à des journalistes alors que le président passait son temps avec les journalistes à parler de lui-même avait quelque chose de surréaliste.

— Mais je ne vous permets pas, monsieur le ministre de mes deux. Les journalistes sont à moi. Pas touche bonhomme !

Et il envoya une boulette de papier au visage de son ministre, qui lui renvoya aussi sec. Alors les autres – enfin la plupart des autres — s'y mirent à leur tour, jusqu'à ce qu'un huissier pénètre, contrairement à toutes règles, dans la salle du conseil. Qui sait, il avait peut-être été également infecté par le virus. Après avoir marqué un léger arrêt face à la scène qui se déroulait sous ses yeux, il s'approcha du président pour l'informer que deux journalistes souhaitaient le voir.

— Ah, justement, nous en parlions avec le ministre des affaires curieuses !

Les rires repartirent de plus belle. Qu'ils étaient joueurs quand même ! La découverte d'une petite cuiller échappée de sa poche lors de la chute du ministre de l'économie acheva de bousculer le protocole. Pour le premier ministre, c'était trop. Il se leva et s'excusa de devoir s'absenter. Il fut suivi par le ministre des armées, qui ne s'excusa même pas. Ils se retrouvèrent dans l'antichambre et recommencèrent la conversation de l'autre jour, mais acquérant assez rapidement cette fois la certitude qu'ils se comprenaient parfaitement. Au début, cela commençait de la même façon :

— Alors que fait-on ?
— J'hésite…
— Je vous comprends. Moi aussi, j'ai longuement hésité. Même hésité à vous en parler aussi directement. C'est tout vous dire ! Reconnaissez que le sujet est délicat.
— C'est le moins que l'on puisse dire !
— Il n'y a pourtant pas trente-six solutions. On doit le faire.
— Je le crains.
— Donc comment fait-on ?

Mais cette fois-ci la question directe du premier ministre, et le contexte aussi, permirent au ministre des armées d'établir clairement les choses :

— Eh bien c'est simple Monsieur le Premier Ministre, on tire dans le tas.
— Dans le tas ?

A croire que c'était cette fois-ci le premier ministre qui ne comprenait plus rien.

— Dans le tas ! On appelle l'armée et on tire dans le tas.
— Mais, dans le tas, c'est un coup d'état, Pierre.

— Evitons les grands mots, monsieur le premier ministre. C'est une régularisation. La situation dégénère, cela ne peut plus durer. Nous demandons à l'armée d'intervenir et elle …
— Tire dans le tas ?
— Oui, enfin sur le président. Les autres on essaiera de les soigner mais peu importe. Eux ils ne sont pas élus au suffrage universel. C'est plus simple.
— Oui mais ils ont tous fait l'ENA.
— Je ne vois pas le rapport.
— Bon. Admettons. Et alors vos troupes, elles accepteront de tirer… dans le tas comme vous dites ?
— On ne peut jamais être sûr, évidemment.
— S'ils refusent, s'ils se mutinent, s'ils préviennent le président ?
— Normalement, ils m'obéissent.
— Mais le président, c'est le chef suprême des armées non ? C'est donc leur chef. Plus que vous.
— Oui mais c'est très théorique. Il n'a jamais tenu un fusil de sa vie le président.
— Là c'est moi qui ne vois pas le rapport. Si vous croyez que je connaissais quoi que ce soit à la fonction quand le président m'a chargé de former le gouvernement !
— Oui, mais vous aussi vous aviez fait l'ENA.
— Je vous en prie, arrêtons avec cette histoire d'ENA ! A l'Elysée, tout le monde a fait l'ENA. Ce n'est pas un élément discriminant. Ce serait plutôt l'inverse. Et puis quand je vois le résultat…
— Ah là, je vous suis monsieur le premier ministre. Et justement, mes soldats, ils n'ont pas fait l'ENA. Avec eux on est tranquille. Je leur dis on tire dans le tas, ils tirent dans le tas. Allez dire cela à un énarque, vous

m'en direz des nouvelles. Il va vous pondre un discours en trois parties, vous sortira des statistiques, invoquera le Conseil d'Etat, le Conseil Constitutionnel et tout ce qu'il s'en suit. Résultat : il ne tirera pas. C'est bien simple, monsieur le premier ministre, avec l'ENA on tourne en rond.

— Mais enfin, arrêtez de parler de l'ENA. Ce n'est pas le plus préoccupant pour ce qui nous concerne. L'ENA l'ENA l'ENA vous n'avez plus que cela à la bouche. Bon avançons. Vous voulez que la troupe tire sur le président ?

— J'avais cru comprendre que vous-même n'étiez pas contre cette idée.

— Pas contre, non, évidemment. Mais était-ce vraiment mon idée ? Il me semble que c'est vous qui en avez parlé en premier.

— On ne va pas se disputer monsieur le premier ministre. Disons si vous le voulez bien que nous avons eu tous les deux cette idée. Pour sauver la France.

— Oui. Excellent. Pour sauver la France. Bon alors comment procède-t-on ?

— Eh bien monsieur le premier ministre, il me semble que ce coup d'ét... non cette régularisation, il faut la préparer correctement. Je pense qu'une réunion avec le commandant des troupes d'intervention s'impose. Pour faire un complot, il faut commencer par comploter me semble-t-il.

— Oui oui, c'est toujours comme cela qu'on fait. Enfin, je n'ai pas l'habitude, mais c'est ce que j'ai lu. Disons demain 10 heures à Matignon, avec votre commandant.

— Si vous permettez monsieur le premier ministre, pour faire une réunion de complot, il faudrait se voir

ailleurs qu'à Matignon. Sinon, cela fait simplement une réunion entre ministres. Ce n'est pas suffisant.
— Ah oui bien sûr, où avais-je la tête ! Il nous faut un souterrain, une salle secrète, quelque chose comme cela.
— Ecoutez, pour cette fois-ci on pourrait peut-être se contenter de mon domicile privé, vous ne pensez pas ?
— Mais est-ce que cela aura un air assez … complot ?
— On s'en moque un peu. L'histoire ne retiendra que le résultat après tout.
— Oui mais justement, vous ne m'avez pas l'air très sûr du résultat. Après, si cela rate, les gens diront qu'on a mal préparé les choses.
— Ne vous inquiétez pas monsieur le premier ministre. On va y arriver. Je vous propose demain 22 heures chez moi.
— Parfait. 22 heures demain chez vous.
— A demain monsieur le premier ministre.
— Oui, à demain…. Au fait, où habitez-vous ?

Je sais, tout cela donne une bien piètre idée de l'Administration française et de ses élites. Parfois on se demande si le premier ministre n'en aurait pas pris un petit coup, du virus.

Le lendemain, à 22 heures précises, on sonnait à la porte de l'appartement du ministre des armées. Le premier ministre fit son entrée. Il portait sur son visage la gravité du moment. Et aussi sur ses épaules, il y avait tout le poids du devoir d'Etat. Dans le salon où on l'introduisit, le commandant des troupes d'assaut était déjà là, en compagnie du ministre. De manière un peu étonnante, le militaire avait une cagoule sur la tête. Il ne voulait pas qu'on le reconnaisse.

— Mais c'est le premier ministre commandant. Ce n'est pas grave s'il voit votre visage.

Mais l'autre n'avait rien voulu entendre. Il était très jugulaire jugulaire et les instructions étaient extrêmement précises. Discrétion. Anonymat. Lorsqu'il pénétra dans la pièce, le premier ministre montra son étonnement

— Retirez ça commandant. Vous êtes ridicule.
— Je suis les instructions monsieur le premier ministre.
— Oui, c'est très bien, mais moi, je sais qui vous êtes. La cagoule n'est donc pas nécessaire.
— Oui monsieur le premier ministre. Moi aussi je sais qui vous êtes.
— Evidemment, je n'ai pas de cagoule. Mais arrêtons ça. C'est stupide et parlons plutôt de notre affaire. Comment procède-t-on monsieur le ministre des armées?
— J'ai déjà réfléchi monsieur le premier ministre. J'ai indiqué au commandant que je le tiendrai heure par heure informé des déplacements du président. A l'extérieur et même au sein du palais.
— heure par heure ?
— Oui, heure par heure. Et le commandant interviendra dans la minute qui suit.
— La minute qui suit le début de l'heure ? Parce que si l'heure est écoulée, il ne saura pas où trouver le président. Il faudra qu'il attende l'heure suivante.
— Je ne vous suis pas.

— Vous dites heure par heure…
— Ah oui, je vois ce que vous voulez dire. Non, c'était une manière de parler.
— Bon soyez précis s'il vous plait Pierre. Et puis vous commandant, je vous en prie retirez cette cagoule, vous me donnez chaud.

Le commandant continuait obstinément à refuser de montrer son visage. Il fallut bien continuer ainsi. Le premier ministre allait reprendre la parole lorsque le téléphone sonna. Le ministre des armées s'entretint un instant avec un interlocuteur inconnu puis après avoir raccroché :

— On me dit que le président est avec des journalistes.
— Bon. Jusque-là tout est normal. Et ils vous appellent comme cela toutes les heures Pierre ?
— Ah ! il faut ce qu'il faut monsieur le premier ministre.
— Soyez gentil, quitte à comploter, appeler moi Georges, tout simplement. Cela ira plus vite. Bon Commandant…
— Oui Georges ?
— Je vous en prie Commandant. Pas de familiarité s'il vous plait. Georges, c'est pour Pierre. Vous restez-en à monsieur le premier ministre. C'est aussi bien.

La conversation dura ainsi une bonne heure. Au terme de l'entretien, il fut décidé qu'un bataillon d'élite, sous la direction du commandant, se rendrait à l'Elysée dès que cela serait possible et procéderait à l'élimination du président. Le commandant s'apprêtait à demander si le président était au courant, mais il se ravisa, jugeant la question indiscrète. A ce moment-là, le téléphone sonna de nouveau. Le ministre des armées s'empressa de répondre. A son visage, on comprit qu'une difficulté se présentait. Après avoir remercié son interlocuteur et raccroché, il fit un long moment de silence.

Arrêtons ici notre récit un bref instant. Quelle pouvait bien être cette difficulté de dernière heure ? Eh bien voilà, le président, sentant naître autour de lui une fébrilité qu'il jugeait inquiétante, avait décidé de se mettre en sécurité. Le bunker de commandement, celui sous l'Elysée qu'il avait vainement cherché à atteindre quelques semaines auparavant, lui sembla être l'endroit adéquat. Là au moins, il serait à l'abri de toute intrusion. C'est après tout pour cela que ce bâtiment avait été construit. Il se mettrait ainsi parfaitement hors de portée de ses ennemis. Il les savait nombreux, prêts à tout pour s'assurer de sa personne et lui retirer les pouvoirs qu'il tenait de son élection. Comment aurait-il pu imaginer que la casemate ferait, d'ici quelques heures, l'objet d'un assaut de la part de ses propres troupes. D'autant plus qu'il en était le commandant suprême après tout. L'argument n'était pas sans valeur. Mais l'histoire a montré, en France et ailleurs dans le monde, que la légitimité du pouvoir tenait à une foule de choses : la constitution, la terreur, le chantage, mais que tout ceci n'avait qu'un temps. En gros, le temps qu'il fallait aux adversaires pour trouver et mettre en place des solutions alternatives. Et il se trouve que dans le cas qui nous occupait, il y avait un consensus solide pour faire descendre le président de ses hautes fonctions. Cela d'autant plus qu'il venait de décider de les exercer tout en bas, dans le blockhaus. Craignant de ne pas pouvoir, cette fois encore, retrouver son chemin dans le dédale des couloirs souterrains, il s'était arrangé pour se faire accompagner. La personne choisie, proche collaborateur du président a raconté par la suite :

— Il m'a demandé de l'accompagner. Il voulait disait-il visiter le bunker et craignait de se perdre en chemin. Il m'avait dit cela en chuchotant, comme sur un ton de confidence. En fait il était convaincu depuis quelques temps qu'on l'observait. Il était épié disait-il. Chacun de ses gestes. Parler doucement ne lui a pas suffi. Il a fallu que je dise, à voix très forte cette fois-ci pour le cas où nous serions espionnés.
— Mais oui, bien sûr monsieur le président, si vous avez faim il suffit de descendre aux cuisines. Je vais vous y accompagner d'ailleurs.

Il a répondu encore plus fort, presqu'en criant :

— Merci, voilà une excellente idée.

Puis nous sommes descendus à pas de loup. Une fois entrés dans l'abri, il m'a curieusement demandé d'aller lui chercher des cigarettes.
— Des cigarettes ? Mais vous ne fumez pas monsieur le président… Et puis il faut remonter…
— Vous avez raison, je ne fume pas. Ou plus depuis longtemps, mais je voudrais tester le système anti incendie. Quant à remonter, je n'en ai rien à foutre. Le conseiller c'est vous, le président, c'est moi. Ça marche dans ce sens-là. Alors allez zou !

Et il m'a fait sortir du bunker. Quand je suis revenu une demi-heure plus tard, il n'a jamais voulu ouvrir. Il disait qu'il avait perdu la clé. Je ne comprenais rien, il n'y a jamais eu de clé…

Enfin, pour en revenir au conciliabule tenu au domicile du ministre des armées, le premier ministre s'inquiéta de savoir quelle mauvaise nouvelle venait de recevoir son ministre :

— Quelque que chose qui cloche, Pierre ? demanda le premier ministre d'un air inquiet.
— Oui Georges. On me dit que le président avait faim et était en train de descendre aux cuisines accompagné par son aide de camp.
— Et alors ?
— Et alors ? Il a déjà mangé, Georges. Il a dîné avec des journalistes, comme tous les soirs. Il vient juste de sortir de table.
— Et il a faim ?
— Oui, il a faim. Et ça, ce n'est pas normal du tout. Je pense que le président nous cache quelque chose.
— Mon Dieu !
— C'est le cas de le dire, Georges.

Cette dernière phrase, formulée par le ministre des armées, ne voulait pas dire grand-chose. En fait, il l'avait prononcée pour avoir l'air d'être au courant, mais il ne voyait absolument pas le rapport entre le bon Dieu et la faim du président ou le fait qu'il leur cache quelque chose. Quant au commandant des troupes d'élite, il n'avait absolument pas compris la fin de la conversation. Il n'écoutait d'ailleurs pas, attendant que cela se termine et profitant de ce laps de temps pour essayer de réviser le discours qu'il lui faudrait adresser à ses hommes pour les amener à abattre le président de la république française. Il fallait des paroles fortes. Il se dit que cela pourrait commencer par quelque chose comme :

— Messieurs, la France vous regarde.

Chapitre 13 : la phase finale.

— Messieurs, la France a peur.

Oui, finalement il avait un peu changé le texte, trouvant que cela coulait mieux. Comme si on en était à faire de la littérature !

— Elle a peur et une fois de plus elle compte sur votre abnégation. Vous allez devoir prochainement entreprendre une mission supérieure. La mission des missions. La mère de toutes les missions.

Il en rajoutait un peu rayon grandiloquence, mais il préférait aller doucement dans sa description précise de la mission qu'il assignait à ses hommes. On peut comprendre.

— Vous allez devoir, dans les tous prochains jours, procéder à l'élimination d'une personne très importante. Très très importante. Et cela dans l'intérêt supérieur du pays. Il faudra faire taire vos scrupules. Vous éprouverez des doutes. Surmontez-les. On essaiera de vous détourner de votre mission. Tenez bon. On vous donnera l'ordre de ne rien faire. Dites-vous que vous n'avez rien entendu. Mieux ! N'entendez rien. Et lorsqu'il sera temps pour l'un d'entre vous d'appuyer sur la détente, fermez les yeux…

Le caporal à la tête du commando leva vers le commandant un œil interrogateur. Fallait-il vraiment fermer les yeux ? Cela pouvait être dangereux. Il y avait quand même pas mal d'hommes dans le groupe des forces spéciales. Une balle égarée, c'était déjà vite fait. Alors si en plus on fermait les yeux… Heureusement, le commandant remarqua la surprise de son subordonné et enchaina avec aisance :

— fermez les yeux de votre conscience car vous n'êtes pas en charge de vous poser des questions. Vous êtes là pour exécuter un ordre. Même moi, qui suis votre chef, je ne me pose pas de questions. Je suis aussi là pour exécuter un ordre.

Vous me direz, si tout le monde procède de la sorte, cela peut être grave. Si vous ne vous posez pas de question parce que vous recevez un ordre, que celui qui donne cet ordre ne s'est lui-même pas posé de question, on comprend bien qu'à force de remonter dans la hiérarchie, il faudrait absolument que quelqu'un finisse par se la poser la question. Ne serait-ce que tout en haut. A moins évidemment qu'il s'agisse d'un ordre divin, genre Jeanne d'Arc. Là bien sûr… Bon mais tout cela est très théorique parce que dans le cas qui nous occupait, l'ordre avait bel et bien été donné. Tiens mais oui, au fait, par qui avait-il été donné cet ordre ?

Là, on touche un point sensible. Evidemment, le premier ministre était favorable à cette action. Enfin il s'y résignait. Pour le Pays. Le ministre des armées aussi était favorable à la …régularisation de la situation. Et il répondait de ses troupes.

— Alors allons-y Pierre.
— Bien sûr, Georges. On va y aller.
— Bon. Eh bien alors allez-y.

— Oui Georges mais… comment dire, je n'ai pas reçu d'ordre.
— De qui ?
— Vous ne voyez pas ?
— Non.
— Georges, un ordre de vous. Vous êtes premier ministre.
— Mais comment voulez-vous que je vous donne un ordre. Je ne suis pas à la tête des armées et je n'ai pas d'ordre à donner aux militaires. En plus, le vrai chef des armées, c'est le président.

Léger garde à vous des deux hommes. S'en rendant compte, ils se ravisent et se mettent au repos.

— Evidemment Georges, mais je ne pense pas qu'il nous donne cet ordre, le président.
— Vous avez probablement raison.
— Alors que fait-on Georges ?
— Et si on allait voir le président du conseil constitutionnel ?
— Vous savez bien qu'il est beaucoup trop vieux. Il n'y voit presque plus et il est sourd comme un pot.
— C'est bien ça.
— Quoi ?
— Le président du conseil constitutionnel est aux trois quarts aveugle. Et il est sourd aux deux tiers. Exact non ?
— Oui. Je ne vois pas le rapport.

Heureusement que le ministre de l'éducation nationale n'était pas là…

— Ce n'est rien Pierre, je vous expliquerai. Eh bien, le président du conseil constitutionnel, c'est l'homme qu'il nous faut. Personne ne conteste son autorité et il est d'une certaine façon au-dessus du président. Il suffit de lui présenter l'ordre et il le signera probablement.
— Mais il va nous demander de quoi il s'agit.
— Le renouvellement de sa voiture de fonction. On lui dira qu'il est temps de changer sa voiture de fonction, qu'elle est usée.
— Mais il ne s'en sert que pour se rendre tous les jours du conseil constitutionnel à chez lui, 300 mètres en tout et pour tout. Il ne fait rien d'autre avec. Elle reste au garage tout le temps. Et lui devant sa télé.
— Oui mais quand même, cela lui fera plaisir de changer sa voiture.
— Enfin, de croire qu'on va lui changer. J'ai bien compris ?
— Tout à fait Pierre. Vous avez parfaitement compris. Voyez mon chef de cabinet pour les détails. Allez, bonne nuit Pierre.
— Mais Georges, cela ne va pas.
— Quoi encore ?
— Votre chef de cabinet Georges, il n'est ni sourd ni aveugle.
— Bien sûr. Il ne manquerait plus que cela !
— Mais alors, l'ordre, quand on va lui demander de le rédiger et de le transmettre…
— Oui, c'est vrai. C'est bête, cela m'avait échappé….

Après avoir suivi de multiples pistes et examiné quantité de détours pour transmettre les instructions au président du conseil constitutionnel sans alerter tout le monde, les deux hommes convinrent qu'il serait préférable de s'en charger eux-mêmes.

— Et oui Pierre, il faut s'y résoudre. Eh bien allez-y Pierre qu'attendez-vous ? Je vais vous dicter, ce sera plus simple.
— Je n'ai pas pris mon stylo, Georges.

S'en suivit encore une bonne demi-heure de discussion et de faux fuyants au terme des quels ils décidèrent de rédiger l'ordre à deux. En pratique, comme dans ce jeu que nous aimions tant étant enfant, ils écrivirent une phrase chacun à tour de rôle. Pour la signature, pas de problème. Ce serait celle du président du conseil constitutionnel.

— Il faudra quand même qu'on lui change sa voiture après, Georges.
— Evidemment Pierre. Mais plus tard n'est-ce pas…

Pour en revenir aux troupes d'élite, les convaincre ne fut pas aisé. Même pour leur chef. On ne parvient pas impunément à ce niveau de l'armée de terre sans une certaine…comment dire… étroitesse de vue. On avait passé son temps à leur faire entrer dans le cerveau qu'un ordre était un ordre. Là, précisément il fallait leur donner un ordre en leur expliquant que s'ils recevaient un ordre différent, notamment provenant de leur commandant suprême le président de la république, il ne fallait surtout pas obéir. Il fallait quand même manier sérieusement l'art de la dialectique…

— De la quoi ?

Le caporal chef du groupe d'intervention intervenait à propos.

—De la dialectique. Mais, Caporal, ne vous occupez pas de cela. Et faites ce que l'on vous dit.
— Bien mon commandant. Bien sûr… Toutefois, mon commandant, vous êtes bien sûr que si on nous dit le contraire, il ne faudra pas en tenir compte ?
— Non. Surtout pas.
— Mais, mon commandant, si c'est vous qui donnez le contre ordre ?
— Ah, si c'est moi, c'est différent.
— Et si c'est le ministre des armées ?
— Lui aussi il a le droit.
— Et le premier ministre ?
— Mais vous allez me foutre la paix ! On ne va pas passer en revue toute la promotion de l'ENA quand même ! Vous obéissez à moi, au ministre des armées et au premier ministre. Point et c'est tout. Et là, vous rentrez à votre casernement et vous attendez les ordres. Point.
— Oui Mon Commandant …. Encore une question peut être, le président, le commandant en chef de l'armée, le grand chancelier de la légion d'honneur, le chef élu de la France, il est au courant ?
— Ne cherchez pas la petite bête caporal. Non, pour lui ce sera une surprise.

A présent, vous comprenez sans doute pourquoi le président avait l'air si stupéfait, baignant dans son sang au milieu de son bunker. Personne ne l'avait prévenu. Il se croyait en sécurité dans ce lieu. Il avait fermé la porte d'accès au blockhaus et personne n'aurait normalement dû y pénétrer. La sécurité permettait de tenir tête aux pires vicissitudes. Pour rouvrir le sas, il fallait une empreinte digitale et présenter à la caméra l'iris de l'œil droit. Et attention, les deux choses simultanément. Ce qui au passage avait permis aux concepteurs du système de se dire en rigolant qu'il ne fallait surtout pas se mettre le doigt dans l'œil… Bon, mais c'est une autre histoire. Pour en revenir à nos affaires, on comprend pourquoi le président était serein dans son blockhaus, entouré de ses provisions pour trois mois. Mais voilà, l'Administration restait l'Administration. Surtout en France. Et même là, même dans le saint des saints de l'indépendance de la nation, dans l'ultime fief de la résistance, il fallait quand même bien que tout restât propre et bien rangé. Alors, quand on a cherché un moyen d'entrer dans le blockhaus, après avoir bêtement essayé d'ouvrir le sas avec les empreintes et les iris de tous les membres de la troupe d'assaut – ce qui entre nous avait pris un certain temps à cause des cagoules et des gants de protection — quelqu'un avait quand même pensé à appeler l'intendant de l'Elysée pour savoir si par hasard, il n'aurait pas quelque chose comme un trousseau de secours…

— Allo. Ici le bureau de l'intendant.
— Bonjour monsieur. Je me permets de vous déranger un instant, car nous cherchons un moyen d'entrer dans le bunker de commandement, qui malheureusement est fermé de l'intérieur.
— Qui êtes-vous ?

— C'est un peu compliqué à expliquer voyez-vous, mais nous agissons sur ordre du ministre des armées.
— Et c'est lui qui a besoin d'entrer dans le blockhaus ?
— Oui, enfin presque. C'est nous qui devons entrer. Le ministre des armées nous a demandé d'entrer dans le blockhaus.
— Non non, ça ce n'est pas possible.
— Et pourquoi donc ?
— Mais on vient d'y faire le ménage en début de semaine et il n'est pas question de laisser une bande de pistoléros mettre le désordre là-dedans.
— Ah … C'est bien ennuyeux. Nous allons nous rapprocher du ministre et vous tenons informé.
— C'est ça, rapprochez-vous, rapprochez-vous.

Se figeant dans un garde à vous impeccable, le caporal commandant la troupe des assaillants composa laborieusement le numéro de téléphone du ministre.

— Monsieur le ministre, nous avons un problème. Les doigts de mes hommes ne fonctionnent pas.
— Mais qu'est-ce qu'ils foutent avec leurs doigts ! Arrêtez vos plaisanteries salaces et obtempérez.
— Obten quoi ?
— Bon laissez tomber. C'est quoi cette foutue histoire de doigts ? Ils se le mettent dans le c.. ou quoi ?

Le caporal négligea la grossièreté. Il avait conscience que des choses importantes se déroulaient et que le langage élégant que l'on utilisait d'habitude dans ses relations avec ses subordonnées n'avait plus cours à l'instant. Il entreprit d'expliquer au ministre le fonctionnement du système de sécurité du blockhaus.

Et il prit soin de préciser que les yeux ne marchaient pas non plus.

— Si je comprends bien, on l'a dans l'os ?
— Si l'on peut dire monsieur le ministre.
— Bon, j'en parle au premier ministre et je vous rappelle. Vous vous restez devant le sas et vous ne bougez plus.
— Parfait monsieur le ministre, on ne bouge plus.

Le caporal demanda alors à ses hommes de se mettre au garde à vous devant le sas et de ne strictement plus bouger.

— Allo Georges ?
— Oui Pierre. Alors c'est fini ?
— Pas tout à fait Georges. Mes hommes rencontrent quelques difficultés pour pénétrer dans le blockhaus.
— C'est normal Pierre. Il est fait pour cela.
— C'est clair mais pour ce qui nous concerne, cela nous gêne un peu. L'iris et le doigt, vous vous rendez compte ! Et malheureusement l'intendant du palais ne veut rien entendre.
— Comment, les oreilles aussi !
— Non non, pas les oreilles. Simplement le doigt et l'iris. Mais l'intendant semble avoir une solution et refuse de nous entendre.
— Donc nous l'aurions dans l'os ?
— C'est exactement ce qu'on se disait avec le caporal.
— Bon, il faut qu'on en sorte Georges.
— Bien sûr, mais dans un premier temps, il faut d'abord entrer.

— Oui, c'est ce que je voulais dire. Au fait qu'a dit l'intendant exactement ?
— Il a dit qu'on venait de faire le ménage et qu'il ne voulait pas que nous mettions le désordre.
— Le ménage…
— Non, le désordre.
— Non, je me disais : si on a fait le ménage, c'est que quelqu'un a un moyen d'entrer. Ce n'est quand même pas le président qui ouvre le sas à la femme de ménage chaque semaine depuis son élection … Je sais. Convoquez moi immédiatement l'ensemble des femmes de ménage de l'Elysée. Je veux tout le monde aligné dans le salon des batailles dans une demi-heure.

Une heure plus tard –à cause des encombrements, mais ceci fera sans doute l'objet d'un autre livre— le premier ministre suivi par le ministre des armées pénétrait dans le salon des batailles. S'y trouvaient alignées une bonne dizaine de femmes de ménage. Chacune avait son seau à ses pieds et un plumeau à la main, ne sachant pas exactement ce qu'on allait leur demander. Négligeant ce détail, le premier ministre demanda qui était chargé de faire le ménage dans le blockhaus. Les femmes de ménage échangèrent entre elles des regards inquiets, puis finalement une petite brune agita timidement son plumeau. Sur un signe discret du premier ministre, l'huissier de service appela le personnel de sécurité. La petite brune fut embarquée manu militari vers les sous-sols tandis que ses collègues s'enfuyaient complètement affolées, renversant au passage la majorité des seaux sur le tapis empire du salon.

Au sous-sol, toujours au garde à vous devant le sas, la troupe d'assaut commençait à avoir des crampes. Tout le monde vit avec satisfaction débarquer les officiers de sécurité portant quasiment la femme de ménage et la remettant aux mains des militaires. En deux temps trois mouvements, elle se retrouva plaquée contre le mur, l'œil écrasé contre la caméra de reconnaissance et la main droite écartelée en direction de l'autre capteur. La pauvre fille, à voir tous ces hommes cagoulés lui sauter dessus, croyait dur comme fer que son grand jour était arrivé et qu'elle allait enfin voir le loup. Elle fut extrêmement déçue de se voir délaissée par tous les hommes dès l'ouverture du sas obtenue. Les rafales de fusils mitrailleurs qui suivirent finirent par la traumatiser définitivement, la condamnant à de longues années d'analyse auprès des psychanalystes qu'on lui avait conseillés.

Quant au président, il avait en vain tenté de se dissimuler sous un bureau. Malheureusement, l'un de ses pieds en ressortait et ce détail n'avait pas échappé à la sagacité des assaillants. Sommé de sortir de là, le président fut abattu sans délai. Transpercé de multiples impacts, il conserva jusqu'à son dernier souffle le masque de stupéfaction dont je vous ai parlé au début. C'était incompréhensible. Le bunker était supposé inviolable. Comment aurait-il pu imaginer qu'on avait quand même besoin de faire le ménage de temps en temps. Souvent, le cours de l'Histoire, avec un grand H, subit les alea de multiples détails qui viennent tout embrouiller. Qui eut pu penser que la vie du président, et quasiment le sort de nos institutions tiendraient un jour à un simple problème de ménage, de plumeau ou d'aspirateur ?

Ce douloureux récit touche bientôt à sa fin . Ce n'est pas l'épopée la plus glorieuse de notre histoire. Nous en avons écrit de plus flamboyantes. Malgré tout, n'est-ce pas la grandeur de ce Pays de savoir, lorsque ce choix s'impose, mettre fin aux aventures inattendues auxquelles nous expose la démocratie ? Bien sûr que si ! Là est le génie de la France, la force de ses élites. Faire preuve d'abnégation. Mettre au-dessus de tout le service de la Patrie. Dût-on pour cela abattre le président de la République.

Tiens, voilà du boudin.

Perspectives :

Trop souvent, on ne considère que le présent ou au mieux le proche avenir. Dans cette optique, mettre fin à l'aventure de ce président malencontreusement atteint par un virus malfaisant était une bonne chose et un acte à la hauteur de notre Nation. Toutefois, voyons au-delà de la pointe de nos chaussures. La fin tragique de ce quinquennat raccourci ouvrait tout simplement la voie à de nouvelles élections. Certes, nous n'aurions plus à craindre ce redoutable virus auquel nous devions la rapide dégradation du président, mais, d'un autre côté, la période électorale qui s'ouvrait à présent ne laissait rien augurer de bon.

Dès le lancement de la campagne, une quantité invraisemblable d'hommes et de femmes politiques se mirent sur les rangs en faisant valoir leurs qualités avec une impudeur sidérante. Impudeur et oubli tels furent non pas les maîtres mots mais la simple réalité de ce que nous allions vivre. Vous aviez ceux qui, ayant tout échoué, ayant lamentablement failli à leur devoir d'élu quand ce n'était pas simplement à leur devoir d'homme, rappelaient haut et fort quels avaient été leurs succès. Etait-ce qu'ils avaient oublié ? Qu'ils espéraient que nous aurions oublié ? Qu'ils nous prenaient pour de sombres imbéciles ? On ne saurait trop dire, mais ils ne devaient pas bien se rendre compte à quel point leurs oublis faisaient naître en nous une rage absolue qui condamnait par avance leur pathétique espoir de retour. Il y avait aussi ceux qui, plutôt que de se consacrer à l'essentiel, à leur mission future, s'obstinaient à poursuivre leurs opposants d'une haine farouche et vaine. Ils en critiquaient les actions, les discours, les échecs même sans réaliser qu'ils mettaient en cela un tel acharnement que leurs paroles sans nuance venaient à l'inverse apporter du crédit à ceux qui n'auraient pas vraiment dû en avoir.

Et puis de ce maelström grotesque, une figure émergea. Ce fut pour notre pays comme « La liberté guidant le Peuple », ce sympathique tableau de Delacroix. Et oui, une femme avait osé relever le défi. Elle avait su jeter à terre ses adversaires et, le corsage ouvert, attirer tous les regards. Cette femme flamboyante, qui autrefois avait été maire d'une très très grande ville, put enfin s'installer au palais de l'Elysée, à la joie de ses anciens administrés dont elle avait été l'élue, contents qu'ils étaient de pouvoir ainsi s'en débarrasser.

Mais ceci fera l'objet, sans doute, d'une autre chronique.

Vous noterez que cette fable a été écrite avant que la sale maladie appelée COVID ne touche nos rivages, en provenance d'un lointain pays d'Asie. Si ce texte vous a plu, vous verrez dans cette information la preuve de l'intelligence et de la perspicacité de l'auteur. Si vous avez trouvé ce texte stupide, potache, lassant, même pas drôle… etc… cela vous confortera dans l'idée que le mieux serait de livrer l'auteur entre les mains du dictateur asiatique dont il a été question dans le livre, en vue d'une mise à mort rapide.